ふくすけ 2024
歌舞伎町黙示録

松尾スズキ

白水社

ふくすけ2024　歌舞伎町黙示録

目次

ふくすけ
2024
歌舞伎町黙示録

登場人物

コオロギ
サカエ
エスダヒデイチ
フクスケ
タムラタモツ
フタバ
コズマヒロミ
コズマエツ
コズマミツ
チカ
団長
アナウンサー
スガマ医師
せむし男
赤瀬川
蟹助
ゴロー
蒲生
問掛屋紅玉
ミスミミツヒコ
エスダマス
菱餅
チャンミー
ピンヘッド
影村洋介
刑事
母親
天使
出前の男
男1・2
農民1・2
記者A・B・C・D
ゆかた姿の老人
医者風の男
看護師風の女
スガマ医院看護師
北九州聖愛病院看護師

第一幕

暗闇に師範代の「なんだわいな。いよっ！」の掛け声。

盛大な三味線と太鼓の音。

明るくなると大勢の弟子が浴衣《ゆかた》姿で独特な切れのある日舞「なんだわいな」を踊っている。

三味線を弾くもの二人。太鼓一人。端唄《はうた》を歌うもの。

関西だろうか。日本舞踊の道場である。

問掛屋《といかけや》流総本家「春の大質問おどり」に向けての稽古の最中だ。

師範代が踊りに対して細かく指示を出している。

それを、美少年のワカイシ二人に肩や手を揉《も》まれながら、極上の座布団の上に座って見ている
白装束に痩身で白塗り頬紅の家元・問掛屋紅玉《こうぎょく》。

傍らにかなり厳し目に指導する中年師範代・蟹助《かにすけ》。

踊りのなかには若き日のコオロギ。少年院あがりであるが、名門舞踏団の家元に弟子入りしたてである。

小唄　〽なんだわいな　なんだわいな
なんだわい　なんだわい　なんだわいな
道に落ちてる黒いやつ（こりゃ）
あんこじゃろか　糞じゃろか
あんこじゃか　糞じゃか
しんぼたまらず
そこの坊さんに聞いたらば
これはカエルじゃ（ドクガエル）
えーーーー？
言うてる暇もあればこそ
猫が出てきて　それをくわえて
倒れて　泡吹いて　死んだ
なんだわいな　なんだわいな……

紅玉　（踊りを止めて）あかんあかん！　ぜんぜんあかん。あかんし。

蟹助　コオロギはん、前ぃでなはれ。

師範代、コオロギをつまみ出し突っ転がす。

紅玉　なんで一から十まで間違えんねん！　はがいいわ！　はがいいし！　ちゃんと思い描いてほしい。黒いもの落ちてる、な？　それ見た。ええ？　こ、これ、あんこじゃろか、糞じゃろか？　その苦悩が、あんたからいっこも感じとれへん。（以下、異様にめりはりが効いてぃる感じで説明）あんこと糞や。あんこやったら喜び、糞やったら悲しみやがな。その思いに心引き裂かれ、しんぼたまらんと見ず知らずの坊さんにたんねんや。しんぼたまらん、すなわち、その究極の「なんだわいな？」が、人間の、そのあのその、業《ごう》や。この「なんだわいな」は、『人間とはなんぞや』を舞踊に昇華した問掛屋総本家の看板です。文化庁のおえらいさん、芸大のせんせ方、はては皇室の方も見に来ますぅ。弟子やから言うて下手打ったら、この問掛屋六代家元紅玉の顔に、ひいては寛永の時代からいっこも血ぃ絶やさんと続いてる問掛流の名ぁに、泥を塗ることになるんちゃいますの!?

蟹助　85歳やで。（泣）この歳で、こんなキレキレな感じで怒ってくれる人、いてます？

コオロギ　もうしわけありません！

蟹助　どうとりつくろうても薄汚い家の出ぇの鑑別所上がり。それをあえて内弟子にした。

紅玉　その家元の思いになんで答えられへん？

（床の桃を食おうとしたがなく、しかたなく指をしゃぶりながら奥に）桃がないで！　桃！

蟹助　（袖に叫ぶ）サカエちゃん。桃切れてるで！　家元の手ぇの届く範囲からなに桃切らしてんねん！
紅玉　……（とても弱々しく）しゃみ、くれえ。
蟹助　見てみ。始まって5分でぼろぼろや。………コオロギくん、反省の弁を述べぇ。

三味線ひき、ひく。
盲目の若きサカエ、桃と包丁を乗せた盆を持ってよたよたと現われる。

コオロギ　鑑別所の高い塀を蝉しぐれがとうとう超えてきて、裸電球に照らされた鉄格子の影を、涼しく思う、夏。15の夜。
紅玉　ええ出だしや。
コオロギ　♪15の夜〜
紅玉　（遮って）いらん！
コオロギ　15の心が牢の中で葛藤していました。なぜ自分はいつもこうなる!?　しかし、家元！（涙ぐみ）あざす。……あざす。家元が、少年鑑別所慰問公演で踊ってくれた「なんだわいな」、その姿、美しさに、背筋を氷の刃《やいば》で貫かれる思いでした。そのあと、家元は、わたくしのような薄汚れた家の出のガキも弟子に受け入れているると人に聞き、いつかこの人の元でその芸を受け継ぎたい、そうしたら生まれ変われるかもしれない！　と、乞い願い、艱難辛苦《かんなんしんく》の旅の末、……あざす、今ここに、あざす。

紅玉　（えびす顔で）コオロギくん。

蟹助　えびす顔や。

紅玉　桃食べよか。

弟子たちに緊張が走る。

蟹助　はいはい（皆に）桃食べよ、が出たら解散じゃ！　なに見とんねん！　いね！

蟹助、弟子たちを追い立てる。

サカエも立とうとする。

蟹助　サカエはん、あんたは目ぇ見えんのやさかい、いんでよろし。はよ、桃むきなはれ！

サカエ　は、はい！（必死で桃をむく）でも大きくてむきづらくて！

蟹助　文句言わんとき！　捨て子のくせに。

紅玉　蟹助。

蟹助　はい。
紅玉　君もいいね。
蟹助　……はい（去る）。

紅玉、サカエが剝《む》いた桃に指をつっこみ、しゃぶりながら。

紅玉　うけつぎたいいか。わての芸を。
コオロギ　芸、うけつがせていただけるんですか！
紅玉　ふっふっふ。
コオロギ　え？
紅玉　ふっふっふっふ。
コオロギ　……え？
紅玉　……（醜く）無理や。おまえは血ぃが汚い。
コオロギ　血ぃが？
紅玉　汚れた血ぃ、わしが吸い出したる！

紅玉、コオロギを押し倒す。

コオロギ　家元、なにを！

紅玉　サカエ！　桃、はよう！　エネルギーがもたん！

サカエ　でも、この桃、大きすぎて！

コオロギ　家元！

紅玉　しんぼぅしぃ。みんなそうしてな、血ぃ入れ替えて、そいで伝統のこっち側におさまるねん。

コオロギ　みんなこんなことしてんですか。

紅玉　あんた、ここぃくる前は、旅回りの見世物小屋で踊っとったそうやな。

コオロギ　へへへ。親戚のしがらみで。

紅玉　底辺がなんぼ努力しても血ぃの問題は、どんならん。ええから、血ぃ吸わし。

コオロギ　血ぃ吸うて。

蟹助、突然出てくる。

蟹助　（息が荒い）家元はな。……吸血鬼じゃ。

蟹助、去る。

コオロギ　いや、納得できませんけど！
サカエ　（立ち上がる）家元！　むきづらい！
紅玉　吸わし！　そののち、わしのも吸わしたるから！　（逃げるのをしがみついて）芸のため！　芸のためや！
コオロギ　今はちょっと、のちのち、仲良くなってから！
紅玉　（叫ぶ）今日吸わさんもんに、明日があるかー!!
コオロギ　………明日がない。
紅玉　ない。
コオロギ　じゃあ、今日で終わりだ！

コオロギ、紅玉を突き飛ばす。
紅玉よろけてサカエの元へ。
背中に突き刺さる包丁。叫ぶ紅玉。

サカエ　なに!?　なに!?　（手が血まみれになっている）

転がる紅玉。

コオロギ　サカエさん、あんた。
サカエ　わたし、なにしたんです？
コオロギ　殺した。
サカエ　ひ。

サカエの血の付いた手をしゃぶるコオロギ。

サカエ　え!?　みょろみょろみょろって！　うわうわうわ。
コオロギ　……（味わって）なにが？　俺の血となにが、どう違う!?

蟹助、駆け出てくる。

蟹助　家元！
コオロギ　逃げよう。

サカエを連れて逃げ出すコオロギ。
三味線が鳴ってはいたが、さらに音楽高鳴る。

蟹助　わかいし！　わかいし！　家元殺しや！　とらまえろ！

棒を持って飛び出してくる弟子たち。
紅玉を踏み散らかしながら駆け出てゆく。

蟹助　明日から………（紅玉の死体を見て笑いがこみ上げる）忙《せわ》しなるで！

屋外教会。夜。
片隅でボロを被って寝ている女。マス。月が射す。パトカーのサイレン。起きる。

マス　………月が見ている気がするね。やけに尖った視線だね。あたしを咎《とが》めてるのかい？　そんな権利はないはずだ。………いやさ、逆に見返してやろうか。善と悪しかないのかい？　ああ？　この世にゃ善と悪しかないのかい⁉

ゆっくり十字架が浮かび上がる。

マス　月の光でようやくわかったよ。あたしは教会に泊まってたんだね。神がいるなら名前を言うよ。エスダマス！　旦那からは逃げてる。旦那が眩しすぎて！　眩しいんだ。そういう男だ。けど、あんたからは逃げも隠れもしない。いるならわたしを裁きな。覚悟を持って！　……知ってんだ。あんた、人に誤解させて遊んでる節がある。後ろ暗いところがあるから顔を出せないんだろ。

コオロギとサカエ、駆け込んでくるので、マス、隅のほうに隠れる。

サカエ　ここは!?
コオロギ　屋外教会だ。
サカエ　ドキドキしてます。
コオロギ　え？
サカエ　稀《まれ》に、人に手を引かれることはあっても、手をしゃぶられることはないから。
コオロギ　……あんた捨て子らしいな。
サカエ　ええ。東京の歌舞伎町《かぶきちょう》って町に捨てられたって、優しい施設のお母さんに聞きました。
コオロギ　なんで家元のところに。
サカエ　優しい施設のお母さんに二束三文で売られました。

パトカーのサイレン、近づいては離れる。

サカエ　ねえ！　あたし、殺したんですか。
コオロギ　……ああ、積極的だった。
サカエ　まあ、刑務所にいようが、娑婆《しゃば》にいようが、見えてなきゃ同じか。（外に）おーい！
コオロギ　待て（口をふさぐ）！　俺はもう刑務所はごめんだ。
サカエ　どうしましょう。
マス　（急に割って入る）お互い、居場所がないって顔だね。
コオロギ　誰だ？
マス　じゃ、お互いが居場所になればいいのさ。
コオロギ　だから誰だって言ってんだ。
マス　あたしは見逃さない！
コオロギ　え？
マス　赤と黒だよ！
コオロギ　な、なにが？
マス　下駄！
コオロギ　（見て）急いでたんだよ！　いいから、誰だ!?
マス　教会に……寝泊まりしてる、関係者さ。
サカエ　教会の？
マス　すなわち、神様の関係者だよ。

なにやら教会めいた曲。

マス　だからっちゅうわけでもないっちゃけどくさ。
コオロギ　急な九州弁やめてくれねえか！
マス　……永遠の愛を、誓いますか？

マス、死んだ犬を掲げる。その場が、光に満ち溢《あふ》れる。

コオロギ　うわ！
サカエ　なにしてる？
コオロギ　死んだ犬を片手で持ち上げてる。
サカエ　かっけえ。
コオロギ　……じゃあ、誓うしかねえ！

光のなか、コオロギとサカエ、手をつなぎ歩く。
スローモーションで警官たち出てくる。
逃げるマス。追う警官。

数年後。コオロギとサカエのアパートの貧しい食卓。
カレーを食べている。

コオロギ　あのな、サカエ。
サカエ　何？
コオロギ　……いや、何でもない。
サカエ　…………。
コオロギ　サカエ。
サカエ　……何なの？
コオロギ　おまえ、幸せか。
サカエ　（迷いなく）うん。
コオロギ　違うね……おまえはね、貧乏だ、そいで盲だ、で、知らないだろうけど、地獄みてえなブスなんだ。よく考えてみ。
サカエ　（迷いなく）幸せよ、（笑う）地獄みてえなブスって。
コオロギ　幸薄い顔選手権にでも出りゃいいんだよ。
サカエ　（笑う）どこでやってるのー？
コオロギ　軽く優勝だよ。樋口一葉なんか目じゃないぞ。

サカエ　（笑う）言われたことないけどー。
コオロギ　おまえは「かわいそう」っていう力で周りを黙らせてんだよ。ある意味暴力だぞ。
サカエ　……見えないほうが勝ちだよ。顔のことなんか考えなくてすむし。
コオロギ　楽なほうに転がろうとしてんじゃねえよ！　盲の人生をしっかり味わえよ。
サカエ　（叫ぶ）私が幸せだってんだからいいじゃない!!　わたしは盲であるのを悲しんでない！　わたしが悲しんでいるのは、もっと別のことだ！

間。

コオロギ　ははは。冗談冗談。
サカエ　そんなことより、あんた。
コオロギ　……なんだよ。
サカエ　さっきからそこに隠れてる女は、誰？

間。

女（チカ）、地響きとともにゆっくりと浮かび上がる。
歌舞伎町の雑踏。音の洪水。

いつしか「探し人」のプラカードを持って街角に立つヒデイチ。

ヒデイチ　（喋ると、吃音する）私の名はエスダヒデイチと申します。私は物心ついた時分から言葉があのですね、こんな具合で、それでよく友達にいじめられておりました。クラッシック音楽が好きでぇ、ベイトーベンが好きでぇ、子供心に指揮者になりたいな、などと思っておりました。でも、十八歳の時、父が死んで、北九州の小さなメッキ工場を継ぎました。翌年、私は工場の事務員だったマスと結婚したわけです。あんなに美人なのに、私のような人間を選ぶくらいだから元々おかしな所のある女だったのかもしれません。結婚して十三年、昭和五十七年十二月二十二日、午前九時三十二分。かつまた、西暦一九八二年十二月二十二日、午前九時三十二分！　マスが三十五歳の時、初めて身ごもった子を死産すると、あいつは、なんだか変なふうになってしまったのです。とめどない全能感、とでもいいますかねえ。薬を飲めっちゅうても飲まんのですね。そうこうするうち、マスはふっといなくなりました。以前からよく、ふっといなくなりがちで、二、三か月帰らないこともあったのですが、その時は、それで……それっきりだったのです。それから、待って待って。近頃、マスの噂を聞きました。東京の知人がマスを「歌舞伎町」で見かけたと言うのです。ここ。この町で。それ聞いて、私、なんだかわけもわからず出てきてしまったとですよ。

立ち ん坊フタバがガムを嚙《か》みながら通りかかる。

ヒデイチ　だから探しておりますですよ、マスを！

フタバ　（桜たまこの『東京娘』を歌う）♪おじさん

ヒデイチ　え？

フタバ　♪好きならば、夢の中、今〜

ヒデイチ　なな、なんでしょう。

フタバ　♪おじさん

ヒデイチ　なぜ歌うのでしょう。

フタバ　♪どこまでも連れてって、今〜

ヒデイチ　罪ですか？　中年男の上京は罪で、だからいきなり歌われるという罰を受けとるですか？

フタバ　（笑う）あたしの歌が罰？　失礼だ。ご褒美《ほうび》だよ、そんなん。

ヒデイチ　ごめんなさい！　初めての東京で、心が、震えておりまして。

フタバ　心って？　心ってなに（へらへら）？

ヒデイチ　あるでしょう。（胸に）こ、ここに。

フタバ　それって、あたしのここにもあるかなあ（ヒデイチの手を胸に当てる）。

ヒデイチ　うわ。
フタバ　（笑う）
ヒデイチ　あ、あなた、エスダマスを見かけんでしょうか！
フタバ　（なにかを見つけて後ろを指差し）あー！

ヒデイチ、振り返る。
歓声。
見世物小屋の人々に支えられて、燕尾服姿のフクスケ、突然登場。

フクスケ　ショータイム！

饗宴が始まる。
暗転。
団長とせむし男とピンヘッド出てきて。

第一章
「マス家ヲ出ル」
マスの夫エスダヒデイチは吃音で少年時代いじめられた
彼をいじめた子供は12人！
全員50歳で死ぬ運命である

ミスミの部屋。暗い。
若き日のミスミ、入ってくる。鼻に酸素吸入器もつけ、いかにも具合が悪そうだ。

ミスミ　この世は舞台。男も女も皆役者。

光に照らし出される、瓶に入ったホルマリン漬けの奇形の子供たち。

ミスミ　……生きたままホルマリン漬けにしたからさ、逆に瓶の中に命がみなぎってるみたい。君たち見てると永遠っていうのかな、そういう境地、わかる気がする。役者がそろってるね。人間の本性は気持ち悪いものでさ。なのに俳優って生き物は、そこから逃げてかっこつけてる、卑怯者ばかりだ！　でも君たちは、「気持ち悪い」って芝居が、生まれながらに、できてる。演じてみて。今日は君たち、全員そろって10歳の誕生日だよ！（音楽。しばし踊るミスミ）10歳って、気分、どう？　この世は舞台。男も女も、ホルマリン漬けの子供たちも……皆役者！　………さあ、セリフを、くれ！（すぐ絶望する）くれん！　ホルマリンの世界には手塚治虫《てづかおさむ》が発明した「シーン」というオノマトペしかない！　わたしは、退屈だ。

巨頭の少年フクスケ、医者風の男と看護師風の女の押す車椅子で登場。

医者風の男　ミツヒコさん！　フクスケの体調が回復しました。

ミスミ　……フクスケ！

ミスミ、反射的に懐中電灯をフクスケに向ける。

目を覆い、叫ぶフクスケ。

ミスミ　おお、ごめん。フクスケ！　まぶしかったかい。大事大事（抱きしめる）。

フクスケ　大事！　大事！　ぐっぴょっ！　（と言いながら唾を吐く）ぐっぴょっ！

ミスミ　君はただ一人、10年前ホルマリン漬けにされるのを、抗《あらが》った赤ん坊だ！

フクスケ　ぼく、抗った！　瓶のとこで、頭、つっぱった！

痩せていた頃のタムラ、隠れてメモを取っていたが、そっと去り、電話をかける。

同時に、隅に座っていたタムラタモツ、浮かび上がる。目から頭にかけた火傷《やけど》を、髪とサングラスで隠している。

タムラ　（ウイスキーの小瓶をグイッとやって）ミスミ製薬グループの御曹子で、自称劇作家、ミスミミツヒコ。奴は、見ての通り、病気で、ま、いろんな意味でいかれてた。俺は、その頃、ルポライター目指しながら、ミスミの助手のようなことをやってた。……痩せてた。駆け出しの、青二才でさ。（アル中らしい）奴が俺を雇った理由を教えてやろうか。（サングラスを取り）このヤケドがな、退屈しねえんだってよ（小瓶をあおる）あいつは、退屈の化け物よ。

と同時にまた、ミスミたち、浮かび上がり、タムラは闇にまぎれこむ。

ミスミ　（フクスケを愛でつつ）フクスケ……なにかセリフを聞かせてくれ。退屈で死にそうなんだ。（周りの瓶を見て）この子ら、物言わぬ名優だものねえ。フクスケ、さあセリフを。

フクスケ　（身体をくねらせながら）なんにも起こらない……。誰も来ない。誰もどこへも行かない。もう……いやだよ。

ミスミ　す・ば・ら・しい。『ゴドーを待ちながら』！　バゲットのセリフだね。

フクスケ　ベケットな。

医者風の男　パンです。バゲットは。

ミスミ　パン！　（医者風の男を殴る）すごく上手。おまえだけ。わたしにはおまえだけなんだ。（抱きしめて）我慢できない。シャセイするよ。

フクスケ、びくっと身を固めて呻《うめ》く。

ミスミ　（傍らでスケッチブックを拡げ）……なにか？

フクスケ　ああ。

数人のコートを着た男たちがドドッと現われ、ミスミやフクスケに向けて一斉にカメラのフラッシュをたく。何度も。

フクスケ　（眩しさと驚きで）ギャーッ！　ギャーッ！　ギャー！

再び、タムラ浮かび上がる。

タムラ　それから間もなくして、ミスミ製薬事件が発覚した。やつんとこの会社が発売していたスタンダードな精神安定剤。これが、ある時期、マシントラブルで調合ミスが起き、妊婦の身体にダメージを与えた。生まれてきた子のほとんどは死産。生きてても奇形だ。それも、やばい感じのね。しかも、ミスミは病院を買収して、十四年間もその子を隠し続けてやがった。隠された奇形児はどうなったのか……そこで俺にチャンスが訪れたのさ。

暗転。
コオロギたちの食卓が浮かび上がる。
コオロギとサカエ、そしてチカ（人間の性根の悪さをにしめたような顔だ）。

コオロギ　（警備員の服に着替えながら）サカエ……マツシタさんはな、俺の働いてるスガマ医院の看護師なんだ。
チカ　コオロギさんには、警備の面でいつもお世話になってます。（コオロギに）今日、大変だったのよ、病院。あなた、非番で知らなかったろうけど。
コオロギ　何？　何があったの？　おい、サカエ、俺のおかわり分のカレー、出してやれ。
チカ　テレビで見なかった？　ミスミ製薬の。
コオロギ　ああ、変態のドラ息子が、さらって来た奇形児ってのか？　そいつらを監禁してたっていうあれか。
チカ　ほとんど死体だったらしいけど、一人だけまだ生きてて。
コオロギ　へええ。すげえじゃん！
チカ　その子、今日からうちに来るのよ。あら、カレー。
コオロギ　食ってけよ。
チカ　嫌《いや》。
コオロギ　カレーに嫌とかねえんだよ。がんばれよ。
チカ　カレーごときで何がんばるのよ。
コオロギ　ふん……しかしあれか、取材とかテレビとか、来んだろな。
サカエ　マツシタさんとか、おっしゃりさまらしたわね。
コオロギ　こらこら、慣れない丁寧語使うな。フランクにいけ、フランクに。

サカエ　今日は、どういうご用件で？
コオロギ　用件がなきゃ、来ちゃいけないのか（テレビを揺する）。
チカ　あの……コオロギさんに頼まれて、お薬を届けに。
コオロギ　（笑う）用件がなきゃ、来ちゃいけないのかって。
チカ　本当は私、いやだったんですけど。
コオロギ　サカエ。うちは用件がなきゃ、職場のおまえ職場の同僚も呼んじゃいけないのかって聞いてんだよ。
サカエ　そんなことはないですけど。
コオロギ　（食い気味に）そんなことがなきゃ、どんなことがあるんだ。
サカエ　（食い気味に）どんなこともないわよ。
コオロギ　じゃ、何で聞いた？
チカ　私、帰る。
コオロギ　帰るな!!　じゃ、何で用件を聞いた、ってるんだ冷静に！
サカエ　（笑う）用があるのかなって思ったからよ。
コオロギ　だから、用がなきゃいけないのかって聞いてんじゃねえかよ？　笑うな！
サカエ　そんなことないって言ったじゃない、奥さん。
チカ　違うね。こいつは、そんなことはないけどっつったんだ。「けど」って！（サカエに）
コオロギ　けど、なんだ？　そんなことはない、けど！　何なんだ。教えてくれよ。なァ、

サカエ　盲で貧乏で地獄みてえなブスのおまえに、どんな「けど」があるんだ。
コオロギ　……（手探りでチカの顔を触る）ねえ、地獄みたいなブスってどんな形？
チカ　（爆笑）
コオロギ　天国ですけど!?　赤羽界隈じゃ天国ってことでやらせてもらってますけど？
チカ　……（チカを引き寄せる。胸をかきあつめて）どれ。小さい天国だなあ。
嫌だ。

チカ、少し抵抗するが、倒錯的快感に喘ぎ始める。

サカエ　あなた……。
コオロギ　何だ？
サカエ　さっきの話の続きだけど……。
コオロギ・チカ　けど!?
サカエ　私、やっぱり幸せなんだと思う。
コオロギ　認めねえ。

コオロギ、テレビをつける。
ニュースの音声が流れ、アナウンサー現われる。

アナウンサー　名古屋信長放送、午後10時のニュースです。アエギエイコ、シタノモヨ、キノイフユコなど、行く先々で名前を変え、姿を変え、結婚詐欺、寸借詐欺、放火等、犯罪を繰り返しながら、日本各地を流れ歩いている悪質な女が指名手配されています。縮れっ毛で痩身、ときどき九州なまりが出るということです。とにかく金をせびる中年女に、みなさん、ご注意ください。

ラブホテル。ベッドが流れてくる。
絡み合っている男女。
窓から「キャバレー名古屋倶楽部」のネオンが見える。
ベッドから飛び出す長髪のゴロー。

ゴロー　ちょ、かんべんしてくださいよ、ババアじゃないですか！

マスがシーツから顔を出す。長髪のカツラ。

マス　ババアとは？
ゴロー　あんたですよ。今、部屋明るくしたら仰天しましたよ。

マス　めっきり冷たいこと言うわね。まあ、いいわ、約束のお金ちょんだい。
ゴロー　こっちがほしいよ。お母さんぐらいの女に童貞捧げて、ぼかぁどうすりゃいいんですか。
マス　……まずはお母さんに、感謝ね。
ゴロー　やですよ！　お母さんぐらいの女とやった後で、お母さんに感謝は、一番気持ち悪いわ！
マス　めっきり冷たいこと言うじゃない。
ゴロー　めっきりってなんですか、流行《はや》ってんですか、ババア界隈で。まいっちまうなあもう。なあ、金出せよ。
マス　おやおや？
ゴロー　当たり前だろ。時間と童貞ドブに捨てたんだ。2万円がとこほしいんだわ！　出せよ！
マス　お母さんを何だと思ってんの？　こら！
ゴロー　お母さんに言ってないんだわ！　目の前のババアに言ってんだわ！　出さないとひどいぞ！　ぼくのお父さん、ヤクザなんだからなあ！
マス　へえ。怖いわね。はい。

バッグからティッシュに包んだカネを出して渡すマス。

ゴロー　お金ティッシュにくるむとかお母さんぽいことやめろよ。（ティッシュから紙を出す）

つうか、金じゃないぞ。……へそ……へその緒？

マス、ガラスの灰皿でゴローを殴る。

頭から血を流して倒れるゴロー。

マス　……ねえ、鈴虫の臭いがしない？

ゴロー　……しない。

ゴローのカバンの中から金を取り、手帳を出し、
電話をかける。

マス　……もしもし、あ、蒲生《がもう》……ゴローくんのお母さんですか？　ねえ、わたし困るんです。ゴローくんの子供、妊娠しちゃって……うん、うん。ねえ。困りますよねえ。ゴローくんの大学のほうにかけ合ったほうがいいですか？　彼ね……いなくなっちゃったんです。あ、ちょっと待ってくださいね。（付け足すように）ああ、愛してます彼のこと。

起き上がりそうになったゴローをもう一度殴る。血しぶき。

マス　ごめんなさい。……そうね。子供のね、お金。あとは、うん、傷心旅行でもする
　お金があれば、形になるかと思うのですが。

溶暗。風。
すぐに、風呂敷包みを持った初老の執事風情、蒲生。カンテラを持ったミツ、ヒロミ。杖をついたエツが現われる。蒲生の後ろに部下でヤクザ風情の菱餅《ひしもち》。

エツ　外はえらい風だね。
ミツ　……風……私たちがこの歌舞伎町に流れついた日も、こんな風だったよ。
ヒロミ　あの日、ちょうど、このビルの裏口で盲の子が泣いていた。覚えてるかい、姉さん。
ミツ　生きて育っているかしら。
エツ　さあね。
ヒロミ　火！
ヒロミ、タバコを咥《くわ》える。

蒲生、火をつける。

エツ　はっきりしてるのは、あの日、あたしらがあの子の泣き声を頼りに飛び込んだこのビルが、いまじゃ丸ごとあたしたちの物だってことさ。蒲生。お土産を見せておくれ。

蒲生　はい。

蒲生、風呂敷包みを開けると、黒い砲弾が出てくる。

蒲生　二〇三ミリ榴弾砲です。ＴＮＴ火薬を使用。爆発時の殺傷能力は50メートル四方に及びます。

ヒロミ　ほほう。

エツ　いいね。

ミツ　いいわ。

ヒロミ　すごくいいよ、姉さん。

蒲生　私の自衛隊時代の部下に命じて、富士の裾野で拾わせました。

エツ　生じゃないんだろね、蒲生。

蒲生　もちろん、発射済みです。

ミツ　さわらせてちょうだい。
ヒロミ　落とすぞ、落とすぞ。
エツ　ドカーン（笑う）。

蒲生、本当に落とす。

三人　あっ。

でも、糸がついていてトリックだった。

蒲生・菱餅　はっはっは。

三人、怒る。

蒲生　蒲生ジョークでございます。
ヒロミ　冗談は嫌いだ。
エツ　本当に落とさないうちにしまっておくれ。
蒲生　はい。菱餅。

菱餅、不発弾を倉庫らしき場所にしまう。
なかには同じような砲弾がギッシリ。

ミツ　いいわ……不発弾はいい。
エツ　いいね。
ミツ　いいわ。
ヒロミ　すごくいいよ、姉さん。
エツ　火薬を抜いてコレクションする奴の気が知れないよ。
ミツ　不安よ、大事なのは。
ヒロミ　不安さ。
ミツ　不安はわたしたちのドレス。
エツ　でかけるときは不安で着飾らないとねえ。

三味線が鳴る。

ヒロミ　クホンブツ！
ミツ　どうしたの。

エツ　ヒロミが、東急大井町線の駅の名前を口にしたときは……。
ヒロミ　頭痛が……。
ミツ　予感かい？
エツ　あんたの『予感』てやつは、私たちを儲けさせてくれる。今度は何だい？
ヒロミ　……力。
ミツ　力？
ヒロミ　向かってくる……。
エツ　力が向かってくるのかい？
ヒロミ　恐ろしく空虚な力。巨大で、空っぽのエネルギーが、歌舞伎町に向かってくる。

風、嵐に変わる。
戦慄する三人娘。
三味線高鳴って………
団長たち出てくる。

誰もコズマ三姉妹の過去を知らない
三人はいつしか歌舞伎町に流れつき
エツの商才　ミツの機知　ヒロミの霊感
三人の力で風俗業界を席巻した

第二章
「フクスケ　病院ニ入ル」

歌舞伎町のラブホテル。
着衣で布団に座っているヒデイチ。
その横で鼻歌交じりにブラジャーをつけるフタバ。

ヒデイチ　……ごめんなさいね。わたし、そういうつもりで来てなくて。
フタバ　あやまんなくていいの。でもお金はもらうよ。ただで乳見せとかありえないし。
ヒデイチ　女は家内しか知らんけ。それもね、（笑）一回きりですけ。
フタバ　見つかるといいね、奥さん。家出したって言ったっけ。
ヒデイチ　もうあれよ、十四年になるもんねえ。
フタバ　よっぽど好きなのね。
ヒデイチ　私のような人間にかまってくれるのは、アレくらいしかおらんし。
フタバ　そうかしら？（ヒデイチにからみ）私も、ふふ、かまってあげようか？（身体をつんつんする）
ヒデイチ　ちょ、やめ、いらん、うん、やめ、わかった、うん、いらん、ちょ。
フタバ　ふふ。ちょっと、事務所に電話するね。

フタバ、電話をかけようとして。

フタバ　（電話の所から）おじさん、延長する？
ヒデイチ　いいことあるかな。
フタバ　あるよ、きっと、いいこと。……♪おじさん

ヒデイチ　歌わんでください。
フタバ　♪好きならば……
ヒデイチ　延長するから！
フタバ　また止められた。

フタバ、笑う。
スガマ医師と記者団、別の場所に現われる。

スガマ　スガマ！　病院の名をとって、スガマ。夏だから、ナツオ。患者の呼び名はスガマナツオに決まりました。
記者A　ナツオ君は、いま、元気なんですか？
記者B　監禁先で虐待された様子はないんですか？
スガマ　それはありません。手や足にも変形が見られますが生まれつきの可能性もありますから。
記者C　知能は？
スガマ　知能……ズケズケ聞きますな。
記者C　ナツオ君は、喋ることはできるんですか？
スガマ　簡単な会話は、診察の時、交わしました。知能に関しては、よく検査してみなければわかりません。

記者B　ナツオ君に、直接、インタビューさせてください。
記者D　写真を撮りたいんですが。
スガマ　だめです。何てこと言うんだ。ナツオは、発見された時のショックから立ち直ってないんだ。もう、おしまいおしまい！
看護師　会見の場は必ず設けますから！
記者A　先生！
記者団　先生！

スガマ、去る。記者団、追いかけて去る。
ラブホテル。

フタバ　もう一時間、一緒だよ（戻ってくる）。
ヒデイチ　ありがとうね。
フタバ　おじさん。荷物多いね。
ヒデイチ　情報を集めてるから。
フタバ　情報？
ヒデイチ　マスは、普通の職につけるタイプの女じゃないからね。君のようなその、商売の人にたくさん会って、いろいろ尋ねてる。

フタバ　へー。何か、収穫は？
ヒデイチ　マスも、50近いですから。ホステスの勤まる年でもないし、ましてや、君みたいに立ちん坊なんて。
フタバ　ダサーイ、立ちん坊なんて。スタンディングオベーションガールって言ってよお！
ヒデイチ　スタンディングオベーションガール？
フタバ　このお（身体をつねったりつんつんしたり）。
ヒデイチ　ちょ、いや、うん、やめ、うん、わかった、ちょ、はい、うん、なんだろう、しつこいな。
フタバ　ねえ、おもしろい人、紹介したげようか？　タムラタモツ。
ヒデイチ　タムラ？
フタバ　あたしの腐れ縁でね、風俗ライターなの。アル中で、しょうもない奴なんだけど、歌舞伎町とか盛り場の人間関係には詳しいはずよ。奥さん探す手がかりになるんじゃないかしら。
ヒデイチ　ほ、ほ、ほんとですか！
フタバ　ダメで元々。一緒に会いに行ってみようよ。
ヒデイチ　……何でそんなに親切なのか。
フタバ　……親切なんかじゃないわよぅ。おじさんにかまってみたいだけ。
ヒデイチ　……。

フタバ　純愛だから。
ヒデイチ　純愛？
フタバ　純愛よ。世の中で、純愛ほどおもしろいものはないわ。
ヒデイチ　執念深さを、純愛と申し上げるなら。
フタバ　私、おじさんの十四年の純愛の顚末《てんまつ》を見てみたいのよ。
ヒデイチ　君は……君、えーと、ごめん。

フタバ、ヒデイチの頰を挟んでキスする。

フタバ　私は、フタバよ。

布団に倒れこむ二人。

暗転。

アナウンサー　（どこかに登場）十四年の長い監禁状態の後、スガマ総合病院に保護されたミスミ病患者ナツオ君は、日に日に体力を回復してきている模様です。スガマ院長の話では、ナツオ君の精神状態如何によっては、本人の記者会見で事件の全貌を語ってもらうこともありえるとのことです。

この間、明かりがつくとスガマ医院の警備室。
ガードマン姿のコオロギ、椅子に座って眼の前のアナウンサーを見ている。

アナウンサー　一方、一連のミスミ事件の中心人物である元ミスミ製薬社長の長男であるミスミミツヒコ被告は、拘置所への護送中、すきを見て逃亡。発表によりますと、ミスミを指名手配する模様です。

コオロギ、ラジオのスイッチを切るとアナウンサー去る。

コオロギ　なんだキチガイだったたか。恐ろしい世の中だぜ……………入れよ、チカ。

白衣のチカ、登場。かなり短いスカートをはいている。

コオロギ　見たよ、フクスケ。二号棟の特別室で。
チカ　……フクスケ？　……ナツオのこと？
コオロギ　フクスケだろ？　ありゃ、どう見ても。……………あいつ……いいたまだぜ。座れよ。
チカ　う、うん。（もう一つの椅子に座る）

コオロギ　あれはね、しらばっくれてる。目見りゃ、わかる。ベッドに横たわっちゃいるが、ピンピンしてるね。かけてもいい。あいつは、俺より元気だし、頭も切れる。ペテン師もいいとこだよ。

チカ　コオロギさん。

コオロギ　何だ？

チカ　別れよ。

間。

コオロギ　俺が刑務所にいた頃、キチガイのふりしてた奴がいてさ、見ものだったぜ。

チカ　別れよって……私、嫌なの、耐えられないの。ついていけないのよ。

コオロギ　ないないづくしだな。

チカ　薬……。（注射器を出す）これで最後にして。

コオロギ　おまえ、打ってくれ。（腕をめくる）

チカ　……ほら（コオロギに注射を打つ）ピロピロ打ちよ。

コオロギ　普通に打てよ。………なあ、病院に黙って薬持ち出してたこと、ばらしたげようかね？　ね？　ね？

チカ　あんたも捕まるわよ。

コオロギ　嘘だよ。（突然、チカに抱きつき、股間に顔を埋めて泣く）やだ！　別れるの。
チカ　奥さんのさあ、面倒みてあげなよ。
コオロギ　地獄だよ！　……じゃ別れよう。でも、薬は都合してくれよな。でないとあれよ。ばらすぜ、ホントに。
チカ　お金、頂戴よ。
コオロギ　何か言った？
チカ　私だって、危ない橋、渡ってんのよ。頂戴よ頂戴よ、お金払いなさいよ、アンタは‼

コオロギ、チカのストッキングを破る。破って力尽き、倒れる。

チカ　何して勝手に力尽きてくれてるわけ！　ふざけないでよ！
コオロギ　キスしてくれ！
チカ　感情の流れ無茶苦茶だなおい。
コオロギ　なんだわいな。
チカ　勝手にして。

最高に汚らしいキスが始まった。

コオロギ　……ぷふ……ぷひ。
チカ　……ぶ……ぶべ……ごげ。
コオロギ　（しまいにはキスで『ロード』のイントロを吹き始める）ぷあー、ぷあー、ぷあー……。
チカ、コオロギを投げる。
チカ　あたしは、あんたのハモニカじゃない！
間。
コオロギ　この腐れアマがよ！
コオロギ、チカを押し倒して服を脱がそうとする。
激しく抵抗するチカ。
ちっとも脱がせられない。
コオロギ　なんだわいな！　このっ、この女、なんだわいな！
チカ　レイプする気!?　レイプすんの!?　上等じゃない。

コオロギ　いまさらレイプもくそもねーだろ。
チカ　レイプすんならちゃんと中で出してよね。
コオロギ　うわああ。
チカ　私、危険日だから、中で出してよね！　あんたの子供、やけくそで産むわよ！　やけくそで産んで、やけくそな名前つけて、中途半端な言葉教えて！　変なふうに育てて！　社会でまったく通用しない人間に育ててやる！
コオロギ　…………そりゃ、俺じゃねえか。

音楽。雑踏。
タムラのところに向かうヒデイチとフタバ。

フタバ　おじさーん、三丁目はこっちだよ！　♪伊勢丹越えて〜。
ヒデイチ　♪伊勢丹越えて〜。
フタバ　そっち行くと二丁目！　おじさんモテモテになっちゃうからダメー。
ヒデイチ　あ、テルマー湯だ。入っていこう。（とか）
フタバ　おい！

同じ音楽のなか、巨大な不発弾をワゴンに乗せたコズマ三姉妹が現われ、すれ違う。

コオロギたちもいない。
警備室は待合室に変わる。
蒲生とマス、登場。

蒲生　ほら、こっちですよ。暗いから、角とか、ちっと気をつけてくださいな。

待合室に入った。

蒲生　座んなさいよ。キョロキョロしなさんな。（あまりにも隣に座るので）恋人か？はなれろ。触るな。さあて、ねえ、どう弁解するつもりですか？
マス　（椅子に座り）鈴虫の臭いがする。
蒲生　（笑う）鈴虫？　ここは歌舞伎町ですが。
マス　どっちでもいいけど。
蒲生　……どっちでもって、何が？
マス　鈴虫がいてもいなくても、どっちでもいいって言ったのよ。わかりきったこと聞かないでよ。

間。

蒲生　うるせえ、ババァ。
マス　何がよ。
蒲生　どっちでもいいなら黙ってな。
マス　鈴虫の臭いがするから鈴虫の臭いがするって言ったんじゃないのよ。
蒲生　だから、ここには鈴虫なんかいねえって言ってるでしょうが。
マス　誰もここに鈴虫がいるなんて言ってないじゃないのよ！
蒲生　じゃ、何で鈴虫の臭いがするんだよ⁉
マス　知らないわよ！　どっちでもいいって言ってるじゃない、くだらない！
蒲生　くだ……あんたが初めに、鈴虫の臭いがするって言い出したんだろうが！（ネクタイを外して叩きつける）
マス　ふざけないでよ。ネクタイなんか外しちゃってさあ！（拾おうとする）
蒲生　触るな！
マス　あんた名前は？
蒲生　蒲生だ。触るな。
マス　聞いた名前ね。
蒲生　触んな！　私のネクタイに！　あんただろ、ふざけてんのは。
マス　（タバコを出す）何でアタイがふざけてるのさ。

蒲生　どっちでもいいことを、ぐだぐだ言って（火をつける）ちくしょう。習性で火をつけてしまう。
マス　あたしが言ってることはどっちでもいかない！
蒲生　じゃ、何がどっちでもいいってんだよ。
マス　あんたが言ったに、すっし、喋ることをするとするね。
蒲生　ああ？
マス　それだか、どっちだよいいよねって、ずっとすっしたんじゃない。
蒲生　日本語どうなってる日本語！　すっしってなんだ!?　怖いよ。
マス　私は鈴虫の臭いの話をしたのに、あんたは鈴虫そのものがいないと言ったね。ここに鈴虫がいないのはわかりきっていること。そのわかりきったことを言うあんたはどっちでもいい奴だと思った。だから、どっちでもいいって言ったのよ。
蒲生　ババァ、てめえ！

エツが入ってくる。

エツ　うるさいよ、蒲生！　執事ヅラして騒ぎ方が汚らしいんだよ。何だい。
蒲生　いえ、それは、ほっほっほ。……それよりこの女ですよ、うちのビルの窓に石投げてガラス三十枚割った尾崎豊みたいなババアは。若いものに捕えさせました。

何のこたない、最近うちの周りでガラクタ広げてるババァですよ。

エツ　ネクタイ！

蒲生　あ、失礼（拾う。マスが手伝うので）いいよ、手伝うな！　お嫁さんみたいにするな！

エツ　（マスに）いい年して、何でそんなことをする？　こっちゃ、50万がとこの損だ。

マス　（雑誌を出し）週刊誌で読んだよ。あんたんとこは風俗やってでかくなったくせに、不動産もやってんだ。私は、五年前まで、錦糸町の「ヅカモドキ」ってキャバレーでホステスやってた。ところがそこが、いつのまにかあんたの手に渡って経営方針が変わった。ピチピチギャルだけとって、私みたいな九州弁が売りのババァは、お払い箱ってことよ。仕方なく歌舞伎町に流れて来たものの、めぼしい店はみんなあんたの息がかかってる。頭にきた矢先に、この記事を読んだ。見渡せばこのビルが目に入るじゃないの。それで、深い考慮の末、石を投げて……すっした《ヽヽ》のよ。

蒲生　すっし《ヽヽ》やめろ！

エツ　あんた、この辺で何を売ってんだい。

マス　水よ。

エツ　水？

マス　新大久保あたりでウロウロしてた外人娼婦に声かけてさ、エジンバラって茶店でコーヒー飲ませて、五、六人、粘らせてるのよ。私は、街の酔っ払いに、魔法瓶に

蒲生　入った冷たい水を一杯五十円で売る。酔いがチラッと引いたところで「お兄さん、いい娘いるわよ。韓国娘……」一人二万で紹介して、安手のラブホテルにご案内さ。危ねえ橋、渡ってやがりますねえ。ヤクザに見つかりゃ、ふくろにされるだけじゃ、すみませんよ。

音楽。

ヒロミ、チャンミー、菱餅登場。

ヒロミ　姉さん。おいらのカセットテープが出るんだ！　ヒロミとチャンミーのカセットテープが出るんだよ！

チャンミー　よろしくお願いしますー。

菱餅、カセットテープをかける。

♪　［ヒロミ］　愛ゆえに入れたい　籍

［チャンミー］　愛あれど入らへん　籍

［ヒロミ］　愛ゆえに入れたい　籍

［チャンミー］　愛あれど入らへん

〔二人〕　果てしなく上り詰める　毎度
　　　　　だけど　許されるなら
　　　　　籍を　籍を　入れたいよ
　　　　　入れたいよ　うるさいよ　バカ
〔マス〕　誰がだよ！
〔二人〕　ラ・ローズ・ド・イレタイヨ・パリ

菱餅、拍手してマイクを片づける。

ヒロミ　『イレタイヨこのバカ』でした。
ミツ　いいね。
エツ　なんだろう。いい。
ヒロミ　おいらの企画した新宿ヌーベル宝塚祭で、ノベルティとして配るのさ。誰？　この女は？
エツ　あんたの予感に出てきた力さ。多分ね。おまえ、どこに住んでんだい？
マス　小屋。
蒲生　小屋ってなんだ！
エツ　今日から、このコズマ興業ビルに住めばいいよ。（笑う）

暗転。音楽。
次のシーンでは、異なる場所の出来事がバラバラに展開する。
舞台前面にしつらえた記者会見席に座るフクスケ。その両隣に、スガマ医師と看護師。
周りを囲む報道陣。
別の場所には、ヒデイチとフタバ。
また別の場所に、酒を飲むタムラ。

フタバ　（歩きながら）おじさんて、子供の頃はどんな子だったの？
ヒデイチ　ああ？　いまと変わりないよ。どもりはもっとひどかったけどね。
フタバ　いじめられてたでしょ？
ヒデイチ　言葉があれやったけん。クラスに、十二人も悪いのがいてね。もう、しょっちゅう。
フタバ　私もそうだったの。
ヒデイチ　君が？
フタバ　いじめやすかったんじゃない？　帰国子女だったし、正直ほぼほぼフランス人だし。
ヒデイチ　あ、本当。
フタバ　信じてなーい！　一度、頭をバールのようなもので殴られたの。
ヒデイチ　ああ、頭ってだいたいバールのようなもので殴られるね。

フタバ　それから左手の指が思うように動かないのね。手首の神経を切って治したんだけど。ほら傷。
ヒデイチ　（見て、冷たく）違うよ、これは。
フタバ　何が違うのよ。何が違うのよ。（去る）
ヒデイチ　（追いかけて）フタバちゃん！

二人、いったん去る。

スガマ　会見は三分だけ。質問は簡単なものに限らせてもらいます。
フクスケ　僕たちは十二人でした。でもほとんど瓶に入れられて死にました。
スガマ　彼が生きているのが奇跡です。
記者A　ミスミミツヒコは、どんな人物でした。
フクスケ　……優しいけど、恐い人でした。
記者B　いま失踪中の彼に、言いたいことはありませんか？
フクスケ　自首してほしいです。
ヒデイチ　（別の場所に）しかし、タムラさんは、私なんかの話を聞いてくれるかねえ。
フタバ　金次第。でも、初対面の人間なら必ずあの話を聞かされるから、我慢して聞いてね。
ヒデイチ　あの話って？

フタバ　過去の栄光。
タムラ　（初めて振り向いて）俺はミスミんとこで下働きやりながらなんとか物書きで世に出ようとしてた。俺にとって、あの事件はまたとないチャンスだった。……ミスミツヒコの奇形児監禁スキャンダルをマスコミにすっぱぬいたのさ。
記者B　ところで、これ、世間の人がいま一番知りたがってることだと思うんですけど、ナツオ君らがミスミ製薬の地下室に監禁されていた十四年間……その部屋では、一体、どのようなことが起こっていたんでしょうか？
タムラ　異形の愛だね。演劇界じゃ相手にされないから、異形の赤ん坊を集めて心の中に劇団を作ったのさ。

音楽。ミスミ、ホルマリン漬けの奇形児たちとともに現われる。
それが見えるのは、ヒデイチ、フタバとフクスケだけ。

ミスミ　フクスケ！　リハーサルをしよう。
フクスケ　ギャーーー！。
タムラ　あいつは、とにかく異形の者にしか愛情を感じない精神的なかたわだ。
記者A　教えてください。何をされたんです。
記者B　ミスミに何をされたんです⁉

看護師　先生！　フクスケ……いえ、ナツオ君の心拍数が。

フクスケ、コップを倒す。
スガマ　中止です！　会見は中止です！
記者団　教えてください！
タムラ　折しも、ミスミ製薬が間違って有害な物質を調合した精神安定剤を、一時発売していた事実が発覚したんだに。
ミスミ　フクスケ！　チャーホフを読むといいよ！
フクスケ　（苦しく）チェーホフな。
看護師　先生。ナツオくんが、銀色になって、ポエムを口ずさんでます！
スガマ　いかん。銀色ナツオだ！
記者団　優しくするなら最後まで。冷たくするなら最初から。
スガマ　なんでも全員で言えば許されると思うな！
タムラ　隠してる。奴は、もっといろんなことを隠してる。俺は、そう睨《にら》んで、いろいろ調べた。
記者団　最後の質問です。ミスミは何をしたんです。
タムラ　一石二鳥。ミスミ病の副作用で奇形児が産まれたとおぼしき病院を買収して、ニセの死亡診断書を書かせた。そして、奇形の度合いの激しい新生児だけを自分の家の地下室に連れ去って生きたままホルマリン漬けに（笑う）。ところが一人だけホルマリン漬けをこばんだ赤ん坊がいたのさ。

記者団　（タムラに）それから、それから子供たちに、何があったんです!?　タムラさん。

ミスミ　フクスケ。10歳のお誕生日おめでとう。記念写真をとるよ！（カメラを出してストロボをたく）

それに刺激されたように、記者たち、一斉にフラッシュをいろんな場所で点滅。

フクスケ　（恐怖で）ギャーッ！　ギャーッ！　ギャーッ！

自転車に乗ったコオロギ、登場。

コオロギ　（フクスケを真似て）ギャー！　ギャー！　ギャー！　ってか？　フクスケ！　役者だよあんた。気に入った！　今晩遊びに行くよ。（笑う）

暗転。

団長たち登場。

ルポライター　タムラタモツは　このスクープの後　名を挙げたが
すぐに行き詰まり　風俗ライターで　身をつなぐ
が、四年後　彼の人生最大のスクープを　手にすることになる
夫婦による　二十四人殺しだ

第三章
「マス新商売デ当テル」

闇。病室。ベッドで寝ているフクスケ。
自転車で入ってくるコオロギ。フクスケに自転車をぶつける。

フクスケ　（うっ）
コオロギ　驚いた？　悪い、悪い（部屋の明かりのスイッチを入れる）。
フクスケ　うう……。
コオロギ　恐がらない、恐がらない。君たちの安全を守るガードマンさんだよ。あらあら、日本各地から、お見舞いが一杯だね。ミカン、もらうよ。生八ツ橋、いらないよ。……見たよ。テレビで、記者会見。いいね。名優だね。な、あれ、芝居でしょ？途中で、水こぼしたな。あれ、わざとでしょ？
フクスケ　ええ？
コオロギ　コップ、倒したじゃない？　あれ、わざとだよね。
フクスケ　…………誰なんですか？
コオロギ　いい奇形児感、出てたよ。わざとだよね。
フクスケ　誰！
コオロギ　コオロギってんだ。変な名前でしょ？　フクスケちゃん。
フクスケ　何で知ってるの。
コオロギ　だって、フクスケじゃん。
フクスケ　何しに来たんだ。
コオロギ　俺な、夜中におまえがスタスタ歩くの見ちゃったんだよな。なんだ、この人、しっかり歩けるじゃん、と思ってさ。一日中ベッドじゃ体がなまるだろうから、遊び相手になろうとね。

フクスケ　……歩くの見た？

コオロギ　もっと言おうか？　おまえはね、ナース室を覗《のぞ》いてたんだよ。

フクスケ　……違う。具合が悪くて。

コオロギ　何が悪い？　（布団に手をつっこみ）これか？　このお行儀の悪いチンポコが、おまえをそうさせるのか？

フクスケ　あー！……あ、あー！

コオロギ・フクスケ　（尾崎豊の『卒業』で）♪あ、あーあ、あーあー！　♪行儀よく真面目なんてできやしなかった！

フクスケ　やめろ！

コオロギ　気が合うね。覗いたよな、ナース室。認めなよ。

フクスケ　覗いてない。

コオロギ　喋りまくるぞ。病院のみなさん！　フクスケことスガマナツオ君は、夜中にナース室を覗いてしこってしこってしこって。

フクスケ　しこってない！

コオロギ　この八方美人が。テレビじゃ憐《あわ》れみを買い、院長には従順。その上、看護師にまで好かれたいか。どうする、好かれて。やらしてくれるのか？　あいつらが。無理無理無理！

フクスケ　黙っててよ。お願いだから。
コオロギ　何を？
フクスケ　あははは……ナース室のこと。
コオロギ　じゃ、認めろよ。
フクスケ　認めるって？
コオロギ　記者会見の時、わざとコップを倒して憐みをかったことさ。わざとなんだろ？
フクスケ　……認めたらどうなるの？
コオロギ　大人になるんだよ、おまえが。
サカエの声　あんた？　ここにいるの？
コオロギ　おう、サカエか。来いよ。ドア開いてるから。

サカエ、白い杖をついて入ってくる。首に「私は盲です。親切にしてください」と書かれたプラカード。手には風呂敷包み。

コオロギ　女房のサカエだ。偉いだろ？　盲なのに、夜勤の日は、こうして弁当を届けてくれるんだ。
サカエ　いるの？　……あれは。
コオロギ　いるさ、ここに。（フクスケに）ラジオでおまえの話を聞いてな。おまえにすごく興味を持ったんだ。サカエ、触らしてもらえ、いま日本一の有名人だぞ。

サカエ、フクスケに触る。

サカエ　……顔？
コオロギ　どのレベルの地獄だい。
サカエ　聞きたいことがあるの。あなた、レィディオでこう言ったわ。
コオロギ　発音いいぜ。
サカエ　いろいろなことがあったけど、いまは、いい人たちに囲まれて幸せですって。ねえ、あなたと私じゃ、どっちが幸せ？　ねえ、どっちが不幸？
フクスケ　……わからない。わからないよ。
コオロギ　……じゃ、わかりやすくしてあげるよ。（注射器を取り出しサカエに渡す）

サカエ、コオロギの腕から血を抜く。
それをフクスケに注射するコオロギ。

コオロギ　おまえの血と俺の血、どっちが汚れてるか、勝負だ！
フクスケ　（失神する）

歓びの唄。
暗転。
赤ん坊の泣き声。
タムラの部屋。
タムラとフタバ。
ヒデイチ、隅でラジカセをいじってる。
唄、止まる。
別の場所では、蒲生が掃除をしている。

ヒデイチ　ああ、やっと止まった。私のラジオカセット、バカになってて、突然、わめき出したりするけ、せからしかですよね（バッグにしまう）。
フタバ　聞いたことあるわ、その曲。
ヒデイチ　歓びの唄。クラッシック好きでして、柄にもなく。
フタバ　（タムラに）はい、喋って。
タムラ　嬉しぃぜ。一人で喋ってるの恥ずかしかったんだ。あんたの話をアレすると、アレだな。家出した奥さんは、双極性障害ってやつだね。簡単に言えば躁うつ病だ。
ヒデイチ　やっぱり、そう思いますか？

タムラ　あんたと暮らしていたころの、大人しく自罰的なマスは、長い鬱《うつ》状態だった。それから、待ちに待った初めての子供を死産したショックで発病した。
フタバ　躁状態になるってこと？
タムラ　やたら喋ったり、人から金を巻き上げたり。あげくの果てが蒸発。躁状態の見本市よ。
ヒデイチ　……マスを病気にしてしまったのは、私のせいかな。私、つまんないから。タムラさん。マスを探してくれませんか？　それを私、も一度マスに会って確かめたいんですよ。
フタバ　（笑）おじさんの、つまんなさを確かめるの？　うける。
ヒデイチ　うけますか？　そうだ。（カバンをあさり、書類を出す）もしあいつを見つけだしてくれたら、全財産をあげます。もう、私も年よ。そろそろ決着ばつけたか。お願いしますよ！（タムラのヅラをとってしまう）あ。
タムラ　………恥ずかしいじゃねえか。そればっかりは。
フタバ　人としてどうかと思う。
ヒデイチ　すいません！
タムラ　おもしろい！　あんた、銭になる男だよ。本物だからさ。俺は、まがい物。俺が取材する風俗業界も、まがい物。だけどあんたは本物だ。あんたの奥さんもな。本物はね、高く売れるのさ。

フタバ　記事にするのね？　二人のことを。
ヒデイチ　あ、ちょっとあの、それは。
フタバ　だめ？　おもしろがっちゃ？　（からむ）
タムラ　だめなのぉ？　（からむ）
ヒデイチ　いや、だって、ちょ、二人でですか？　ちょ、わ、ちょ、うん、わ、うん？　こ、こ……やみろ！　（タムラにビンタする）あ、ごめんなさい。
タムラ　さっそく、奥さんの写真を焼き増ししよう。
フタバ　焼き飯大好き！
タムラ　おまえ今日一段とかわいそうだな。これを東京中の繁華街にばらまくんだ。

タムラ、かつらを被る。

フタバ　私も手伝うからさあ、デパス6錠おごってよ。

二人、出ていく。

ヒデイチ　おいてかないでください！

三人とも去る。

別の場所にコズマ三姉妹、現われる。

エツ　金がいるんだ金が。

ミツ　三田のマンション建設予定地で、B29の落としたメガトン級の不発弾が出たらしいじゃないの。

エツ　しかも、ニュースになってない。

ヒロミ　マニアが詰め寄って、法外な値がついたそうだ。三千万はくだらない。

エツ　最高の不安。

ミツ　欲しいわ。

ヒロミ　とっても欲しいよ、姉さん。

エツ　金がいるんだよ。最近の男たちは、性欲、ないからねえ。私らの趣味もママならなくなってきた。ここらで新しい商売を考えないと。

ミツ　新しい商売ってことは、新しい刺激よね。

エツ　刺激さ。酒、セックス、ドラッグで足りていた。いまは、それだけじゃ金を落とさない。

ヒロミ　（叫ぶ）カミノゲ！

ミツ　予感かい？

エツ　金儲けのかい？
ヒロミ　白い、なにか嫌なものが来る！
エツ・ミツ　白い嫌なもの？

音楽（瞬間だけ盛り上がる）。

マス　（お膳を持ってくる）ゲロ味のフルーチェとフルーチェ味のゲロ、どっち食べる？
エツ　しょうもな！
ミツ　ねえ、マスさん、あんた、九州にいた頃、何度も自殺未遂をやったそうじゃない。
マス　そう、あの頃は世の中の理不尽さについていけなかった。今は。
エツ　あんたが理不尽そのものになった。
ミツ　どう？　死ぬ感じってわかる？　刺激的？
マス　睡眠薬を飲んだ時のこと。薄れゆく意識のなかで、葬式で悲しむ親戚たちの顔が目に浮かんで、震えたわ。私、死んだのねって。
エツ　震えた？　快感でかい？　死ぬのは快感かい？
マス　そうとも言える。何？　商売の話？
エツ　新しくて、しかも強い刺激を探してるのさ。
ヒロミ　人間にとって一番の刺激は死ぬことかな。

マス　……それはきっと、二番だね。
エツ　何だい？　一番は、何だってんだい。
マス　当てずっぽう言うよ。
エツ　言ってみな。じらさないで。
マス　生まれることさ。
ヒロミ　生まれること……。
エツ　死と誕生か……いいね。
ミツ　いいわ。
ヒロミ　すごくいい。
マス　こういうのはどうかしら。題して、死と再生――エロスとタナトスの祭典。輪廻《りんね》転生《てんしょう》プレイよ。

天使たちが現われ、踊る。
坊主を先頭に、透明の棺を担ぐ遺族たち。
棺のなかには、ブリーフ一枚の男がニヤニヤしている。
安置される棺。男の写真。
焼香が始まる。坊主、読経。

マス　葬式を出してあげるの。暇と刺激に慣れ尽くした金持ちがいいわ。彼はきっと、何か薬を嗅がされているはずだよ。
ミツ　中国人からヘロインが手に入るよ。
マス　悲しみにくれる遺族の顔。
エツ　死の世界への強い暗示だね。
ヒロミ　照明は暗くなり、天使たちが現われる。
エツ　やすっぽいメタファー。それでいい。
マス　完全な闇。完全な死。……気分はどう？
男　恐い……恐い……でも、なかなか悪くない。
マス　あなたは、多くの恥をかいた。多くの嘘をついた。公文書を改ざんした。そして、あなたはもう死んだわ。
男　記憶にございません。記憶にございません。そんな嘘をつく私はもうこの世にいない。
マス　そして、生まれ変わるの。
天使たちが、棺に次々に液体を入れていく。
男　これは？

マス　羊水よ。あなたはいま、子宮のなかにいるの。生まれ変わる準備はＯＫ？
ミツ　リセット、リプレイ。
天使たち、男の頭や体にヌルヌルと液を塗りつける。
神々しい光。神々しい音楽。
マス　あなたはいま生まれたわ！
エツ　生まれたての言葉をなにか。
男　記憶……あります。
マス　声が小さい！
男　記憶が始まります！
天使たち、服を脱ぐ。
マス　さァ！　一発、決めてごらん。新しく生まれ変わったあんたを見せりゃあいいさ！
男　オギャー！
ミツ　これぞ、セックスとドラッグ、死と誕生を結びつけた新しいゲーム。
ヒロミ　輪廻転生プレイ！

エツ　いいね。
ミツ　いいわ。
ヒロミ　すごくいいよ、姉さん！

暗転。
団長たち、現われる。

のりで始めた輪廻転生プレイ
噂は口コミで広がり
退屈した金持ちの間で悪趣味なブームをつくった
その後もマスはつぎつぎと風俗のアイデアを成功させ
コズマ興業は歌舞伎町一の企業になりつつあった
第四章
「サカエ二神ガ降リル」
コオロギは薬の件がばれて病院を馘首《かくしゅ》され
腹いせにフクスケを病院からさらって

団長　（みえを切り）従兄《いとこ》であります、わたくし！　見世物師スズキ興行の団長に売り飛ばしたのでございます！

見世物小屋の団長と、せむし男と、ピンヘッドが、「福助の絵」の描かれた大きな箱を持って登場。

団長　さてみなさん。怪奇と幻想のスズキ興行、いよいよ最後の出し物となってしまいました。あよぅ。現われまするるるはぁ、本日の目玉。奥飛驒の山中に古くから隠れ住み、その姿を見たものの記憶から、有名な福助人形のモデルにもなったと言われる、はったった！　謎の山岳民族最後の生き残り。すわ！　その特徴は、人知を超えた頭のでかさ、しかし、悲しいかな脳みそは半分でございます。なにゆえにそのような姿形で生まれたのでございましょう。親の因果が祟ったか、ＤＮＡのいたずらか、あよぅ！　それは神のみぞ知る所以。したはったった！　それでは、とくとご覧くださぃ。頭部肥大少年、これがフクスケでございます。

ピンヘッドが箱のふたを開けると、裃《かみしも》をつけたフクスケが出てくる。
フクスケ、一回りしておじぎ。

団長　さて、このフクスケが、私の歌う『〇〇〇〇』にあわせて、みごと踊ることができましたら拍手のほどよろしくお願いします。
せむし男　いよっ！　（三味線を弾く）
団長、唄う。
フクスケの奇怪な踊り、始まる。
しかし、倒れてしまう。
団長　はい！　拍手！　みなさま、何の問題もございません。すべて演出の一幕。頭部肥大少年フクスケでした。
三人、去り、別の場所にサカエとコオロギが浮かび上がる。座っている。
コオロギ　フクスケの奴、うまくやってるかな。
サカエ　あんた……こんなことして、大丈夫なの？　ねえ、私たち、どうなるの？
コオロギ　心配すんな、俺たちは、フクスケを誘拐したわけじゃない。
サカエ　そうなの？
コオロギ　あいつは、望んだんだ。病院の外に出ることをな。

サカエ　本当なの？　そう言ったの？　本当に。
コオロギ　ほんとは恐い（サカエに泣きつく）。
サカエ　（仕方なく頭を撫でながら）ねえ、本当に、フクスケは外に出たがってたの？
コオロギ　サカエ……。（豹変）しつこいぞ。俺が、おまえに嘘ついたことあるか？
サカエ　ないの？
コオロギ　質問に質問で答えるな！　だからおまえは。

サカエ、コオロギの手を取る。

コオロギ　……なんだよ？
サカエ　殴って。
コオロギ　ふざけるなよ。
サカエ　また、長くなるんでしょ。一発殴っておしまいにしたほうが、すっきりしない!?
コオロギ　俺がおまえを殴るなんてことが、（悲しい）よお、よお！　そんな悲しいこと、できると思ってんのかよ（号泣）。
サカエ　水臭いじゃないの。わたしにさ、盲という暴力をうけてるんでしょう？　殴りかえしなよ。
コオロギ　うるせぇな。

サカエ　……わたしに、子供ができないから？　心だけ痛めつけてるの？
コオロギ　……もう少し辛抱だ。幸せってよぉ、けっこう危険なんだ。俺が先にきちんと幸せになってから、幸せのな、安全性を確かめて、お、この幸せ、いける、って思ってから、おまえを引きずり上げてやるから。
サカエ　私たち、せーので一緒に幸せになる手段はないわけ。
コオロギ　順番待ちは、どこにでもあるさ。俺が先、おまえは後。
サカエ　それ……（うける）なんだわいな！
コオロギ　さ、踊ろうじゃねえか！（踊りだす）

「なんだわいな」インストバージョン。
サカエも誘われ、何となく踊る。
エツ、ミツ、ヒロミ、チャンミー、蒲生、小踊りしながら別の場所に現われる。
遠くではヒデイチたちがホステスらに聞き込みをしている。

エツ　蒲生、今日の売り上げは、いくらだい？
蒲生　（電卓をはじいて）３７２７万、とんで５円でございます。
エツ　そろそろ、ぜーたくしようかね。
ミツ　買っちゃう？　B29の不発弾。

エッ　アレがうちの地下室にあると思うだけで、不安でワクワクするね。
ミツ　上野に建てた輪廻転生の家も、続々、収益を上げてるし。
エッ　あたしの読みは、あたったよ。マスがうちに来て一年になるが、あの女は、金のなる木だね。
ヒロミ　姉さん。ヒロミは、お願いがあるんだ。チャンミーと結婚式を挙げたいんだ。
エッ　結婚式！　いいじゃないか、蒲生、手配おし。
蒲生　はい。しかし、法的には……。
チャンミー　なんとかすんのがあんたの仕事じゃないのー？
蒲生　えらそうに。
ヒロミ　ありがとう、姉さん。チャンミー。結婚しようよ。
チャンミー　嬉しい、あたし、コズマチャンミーになるのね！
エッ　さァ行こう、みんな。コズマ興業ビル新装記念パーティーが始まるよ。
蒲生　（ハッとして）チャンミーってあだ名じゃなかったのか！

四人、踊りながら去る。
音楽、終わり。

コオロギ　あー、踊った踊った。（へたりこむ）よう。茶、出せ（新聞を広げる）。

サカエ　うん。

新聞を読むコオロギ。

コオロギ　……俺がフクスケを連れ出したってのは、まだ、ばれてないぜ。
サカエ　あんたは、変に運がいいんだ。大好きだよ。
コオロギ　……おい。病院から失踪したフクスケであるが、彼をとりあげてミスミに売り渡した北九州の病院長が首吊り未遂、ショックで植物人間状態、だってよ。これで、あれだな。
サカエ　身元が完全にわからなくなった（と言いながら出てきて、コオロギにお茶を出す）。
コオロギ　（笑う）

電話が鳴る。
サカエ、笑いながら電話を切る。

コオロギ　……何で切るんだよ。

また鳴る。サカエ、受話器を取る。

サカエ　はい。団長さん？　……ええ⁉
コオロギ　……どうした？
サカエ　フクスケが、舞台で倒れたって。
コオロギ　……芝居だろ。

歓びの唄。
暗転。
ボロをまとったミスミ、浮かび上がる。風。
あいかわらず酸素吸入器を引いている。
肩に猫がとまって酸素を半分鼻に入れている。

ミスミ　フクスケ……寒いよ。おまえは、どこにいるんだい？　元気かい？　毎年、大晦日、街角でこの曲を聞くたび、おまえのことを思い出すよ。赤ん坊の頃、どんなに泣いていても、この曲を聞くとおまえ、なんか大人しくなったよね。ああ、もう酸素が切れるよ。しかもいつの間にか肩に住み着いた猫が、酸素を半分奪っているんだ。悔しいけど、かわいいから奪い返せない。

出前配達、自転車で来る。

ミスミ　ねえ、お兄さん、酸素くれない？

出前、おかもちの中を探す。

ミスミ　え？　ダメもとで言ったんだけど、あるの酸素？　やさしい。

出前、おかもちからカレーを出す。

ミスミ　えと？　それ、カレーに見えるけど。え？　入れないでね。
出前　（それをミスミの酸素吸入器に注ぎ込む）
ミスミ　えー、うそうそ、あ、どんどん注ぐねえ。親切？　いじわる？
出前　（試しに吸ってみて、みたいなジェスチャー）
ミスミ　え？　吸うの？　やだ、（管を見て）あ、カレーがもうココのイチに。

出前、見ている。

ミスミ　ああ！　ココのイチがせり上がってくる、今、ココイチ、もう、ぎりまでココイチ。
吸う！　もう、カレー吸う！

ミスミと猫、鼻からカレーをすする。
猫、立ち上がる。

ミスミ　……強くなった気がする。
出前　おじさん、俺、決めた！　ココイチってカレー屋つくるから！
ミスミ　絶対それ当たるから！　……そうだ。昨日、金物屋さんでこんな素敵なナイフを万引きしたの。柄のところが、ほらあの、すごくあのね、握りやすい……。おまえを私から奪った奴に、復讐するからね。地獄はもぬけの空だ。すべての悪魔がここにいる。

ミスミ、消える。
音楽もなくなる。
見世物小屋の楽屋。
ベッドに寝るフクスケ。
それを見守るコオロギ、サカエ、団長、せむし男。

団長　俺は歌ってた。
せむし男　あたしゃ三味線をひいてた。
団長　そしたら、突然さ。
コオロギ　フクスケ。芝居なんだろ。起きれるよな。俺とおまえの仲で、マジはなしだぜ。
あの日、わざとコップを倒したみたく、ウケ狙いだろ？　な？　な？　（揺り起こそうとする）
サカエ　大丈夫なの？
コオロギ　フクスケ！　水臭いぞ、おまえ。身内には、心を開け！
フクスケ　……身内？
コオロギ　おまえは、俺の血を受け入れたんだからよお。なあ、サカエ！

サカエ、傷ついている。

ピンヘッド　け、け、警察！

刑事と警官、入ってくる。
隠れる団長ら。

刑事　コオロギヨシオさん、ですね？……そこで寝てるのは、スガマナツオ君だ。
コオロギ　……だとしたら？
刑事　ナツオ君誘拐の容疑で逮捕します（逮捕状を見せる）。
サカエ　あんた！
コオロギ　ちょ、ちょっと待ってくださいよ。家内は盲なんですよ。私が連れてかれちゃあ生きるのが不案内になっちまう。
フクスケ　大丈夫だよ。

間。

フクスケ　コオロギさん。たいがいのことは大丈夫なんだろ？　サカエさんの面倒は、僕がみるよ。みるし。
コオロギ　フクスケ、おまえ……。
フクスケ　僕は、誘拐されたんじゃないぜ。望んでここに来たんだ。

ブザー。

フクスケ　団長。夜の部の幕が開く。僕はステージに立つぜ。燕尾服を貸してくれ。

団長、おずおずと燕尾服を脱ぐ。

刑事　ナツオ君。君は……平気なのか？
フクスケ　僕は、もう、ナツオじゃない。（燕尾服をパジャマの上に着て）フクスケだ。
コオロギ　（笑う）やっぱおまえ、嘘つきだったんだな！
せむし男　いよっ！
コオロギ　畜生。ピンピンしてるじゃねえか！　ふざけんなよ。
サカエ　あなた、どうなってるの？　フクスケは、どうなったの？
コオロギ　わかんねえのかよ!?　一つ、大人になったんじゃねえかよ!?　（叫ぶ）俺の血をうけついでよー!!

パンクミュージック。
踊り狂う警官たち。
いつのまにかステージに立つフクスケ。
架空の観客から拍手が巻き起こる。

フクスケ　はいご苦労さん！　……ようこそ。すべてのクズ野郎、ゲス野郎、犬畜生にも劣る人！　つまりいわゆる一般人諸君よ。まず、あんたらと俺の違いを教えてやる。何？　そんなの見りゃわかるって？　確かにあんたの頭、脳味噌入るスペース狭いね。こっちはここに満タン！　けっこう値のはる鯛焼き並みに、はしのほうまで詰まってますのん。ＨＡＨＡ。重要なのは見た感じじゃわからない違い、それが何か？　まず俺には、考える時間が腐るほどあった。ＦＯＯ。俺は変態に育てられた、十四年だぜ、まいるぜ。嫌と言うほど、本を読まされた。音楽、映画、情報で、頭ん中は常時、黒字！　ただ俺は障がい児。だから筋トレも大事。なんなら通信教育の空手で黒帯も所持。（空手の型をやってみせる）。は！　は！　は！　は！　だけど、一番関心があったのは、もっと哲学的な問題だ。世界一醜い人間は、どうやって生・き・て・い・く・のか。ここ試験に出ます！　メモれ。神様を恨んだわけじゃない。いないものを恨めない。宗教、それは、人生からノイズー、を、キャンセルー、して、聞き心地ナイスー、な言葉、聞くためのツール。ＨＡ。あの世とか、来世の幸福なんて言ってる奴、さっさと死ね。死んでそれ、見てきて様子教えてくれ！　語りえぬものには沈黙せえ、て、ヴィトゲンシュタインも言ってるぜ。牛豚殺しーの、おいしく食いーの、人間だけ救われんの？　そりゃ虫が良すぎる、つーの！　豚より知能の低い人間もこっち界隈じゃわんさかいる！　まずはそいつを食ってみる？　そっから話、する？　未来信じる奴もクズだ。未来なんて、生きてるうちは永久に来ない。あんたが死んでから先が、未来。いえい。この顔に、この頭に、どんな未来、感じます？　ＨＩ！　（タバコに火を点ける）映画を観て現実を忘れる人もいる。俺は逆。俺は、人とは違うってことを、密室に居ながら一つ一つ思い知らされた。そのたび俺は考えた。フットボールのヘルメットが頭に入らないとき、人はどう生きるか。ディズニーのアトラクションに乗れないとき、人はどう生きるか。生まれてこないほうが良かったとき、人はどう生きるか。あ。君たちはどう生きるか！　あれ、くそつまんなかった！　（フラッと倒れるふり）……なんつって……あんたは、俺がここで倒れたらどうする？　親切にする？　俺がいつも考えてるのは、あんたの偽善から、どう身を守っていくかだが、ここも重要。メモれ。じゃ、聞くけど俺と結婚できる？　俺とセックスできる？　でなきゃ親切にはさせない。励まされもしない。何にも感動しない。感動ポルノって言葉、発明したの実は俺。テレビ見てかわいそうだと泣いたやつ、おかえしにやらせろい！　人の哀れみ、それが飯の種でいい。すさんでない。俺は建設的。なぜと言うなら、あるぜ、生きる意味。でも、あんたにゃない。ボーっと生きてんじゃないのかい？　あんたを殺しても、俺は生きる次第。ＨＡ。なんたって、うぃあ！　俺は唯一無二の男だからな！

音楽。

マス、フタバ、チカ、サカエ、ボンゴ娘たちに扮して現われ、フクスケとともに踊る。

「神様なんだわいな」（「なんだわいな」スカバージョン）

〽正義の名前を振りかざす
ハイエナばかりのパーティーで
消毒されたナプキン絞って
自分を絞め殺す
選挙に行く気はないけれど
少子化問題嘆いてる
24時間テレビでためた
募金をすべてつぎこんだ
パチンコエヴァンゲリオンが
空に向かって吠えている
［女たち］　神様　神様　神様
［フクスケ］　神様〜！
［女たち］　教えてくださいな
どうして　どうして　どうして

［フクスケ］　どうして〜！
［女たち］　わたしらこうなった？
　そしたら神様うつむいて
　答える立場にございません
［フクスケ］　軽バン、ボンネットの下で
　赤子が白目で踊ってる
　きゃきゃきゃきゃきゃきゃきゃきゃきゃ
　（なんだわいな）イオンモールに
　（なんだわいな）愛があるなら
　（なんだわいな）醜さ　かじって
　（なんだわいな）生きてやる

暗転。

アナウンサー　次は、スガマナツオ君誘拐事件の話題です。ナツオ君を病院から拉致した疑いで取り調べを受けていた、スガマ医院の警備員だった男性は、ナツオ君らの証言から、一連の行動は誘拐行為にあたらないとして、今日、釈放されました。また、本人のたっての希望により、ナツオ君の身柄は同男性が引き取ることになった模様です。

明るくなると事務所。
帳簿をつけているヒロミ。頭をおさえ、ラジオのスイッチ切る。

ヒロミ　キタ……キタ、キタセンゾクッ！

蒲生、現われる。

蒲生　また何か、予感ですか？
ヒロミ　嫌な蛇がやってきて嫌な蛇を好きになる、嫌な予感だ。
蒲生　お疲れですね。骨休みに、コレクションでも見にいきませんか？
ヒロミ　……いいね。地下室はヒンヤリしている。競争だ！

二人、地下室に降りていく。

ヒロミ　チャンミーとの結婚式の準備は進んでるのかい。
蒲生　気持ち悪い。
ヒロミ　？

蒲生が後から抱きつく。

ヒロミ　何、とち狂ってんだい!?
蒲生　ひん曲げるな。
ヒロミ　なにをだ！
蒲生　女は男とくっつきゃいいんだよ。
ヒロミ　ふざけるな。
蒲生　あんたらだ、ふざけてるのは、菱餅！

菱餅が現われ、ヒロミに注射を打つ。

ヒロミ　やめろ！　やめてくれ！

蒲生、ヒロミにキスする。

ヒロミ　やめ……気持ちいい。
蒲生　俺の秘密をあんただけに教えよう（義眼を取り出し、それを口に含み、口移しでヒロミに含ませる）。

ヒロミ、義眼を口から取り出し、手に取り、見つめる。

ヒロミ　（気絶する）

蒲生、ヒロミを抱えて去る。

雨。傘をさしたフクスケにひかれてサカエ、登場。道。

コオロギ、登場。

コオロギ　へへへ。
サカエ　あんた？
コオロギ　フクスケに連れてきてもらったんか？
サカエ　早く出られてよかったね。
コオロギ　逮捕って、やだねえ。
フクスケ　俺に感謝しろよ。大変だったんだぜ。警察や病院を納得させるのがさ。
コオロギ　おまえだって、晴れて自由の身じゃねえか。
サカエ　あんたがいない間、フクスケに世話してもらってたの。フクスケ、すごいよ。いまじゃ、見世物小屋のスターだもん。

フクスケ　（コオロギに金を渡す）二人で飯でも食ってきなよ。俺、せむし男に三味線習ってんだ。

フクスケ、去る。三味線。

コオロギ　……雨、やんだな。
サカエ　あんた（コオロギに近寄る）。
コオロギ　寂しくなかったか？
サカエ　フクスケもいたし。
コオロギ　……へえ。
サカエ　あ、いや、寂しかった。
コオロギ　……寂しくて、フクスケと、寝た？
サカエ　……（少し笑って）馬鹿。
コオロギ　フクスケに、やってもらった？
サカエ　何言うの、ちょっと。
コオロギ　いいんだよ別に、スターだもんだからしょうがない。俺が悪いんだよ。（叫ぶ）やったならやったって言ってくれ！

サカエ　何言い出すのよ、もう！

雷。雨。

コオロギ　責めてるわけじゃないって。一つ屋根の下にいた男と女の現実を確かめたいのよ。セックスしたんだろ？
サカエ　キチガイ。
コオロギ　どうせ子供がいるわけでもねえし！
サカエ　ほらきた！　結局それだよ！
コオロギ　留置所だぞ、それ以外になにを考える。頼む、やったって聞けば、すかっと忘れるから。
サカエ　キチガイ！
コオロギ　残念ながら冷静なんだ。そこキレイにしなきゃ、これからの道のり、茨だぞ。やったよな!?
サカエ　おまえ！　キチガイ!!
コオロギ　愛してるからはっきりしたいの。やったんだよな、フクスケと！

激しい雷。

サカエ、叫んで倒れて奈落に落ちる。

コオロギ　サカエ！　サカエ！

間。

サカエ　…………（現われて）何言ってんの。私、サカエじゃないよ。
コオロギ　どうした？　平気か？
サカエ　私は、神様の使いです。ケケケケ。ケケケーケ。
コオロギ　へへへへ。ふざけるな。
サカエ　あんた……私にいま、神様おりたよ。ヘッヘッヘッヘ。……私は神の使いです！私は昔はっきり会ったんだ、神様の関係者に。私の言葉は、神様の言葉ですよ。ヘッヘッヘ。

太鼓を鳴らす人々、登場。

サカエ　巷《ちまた》の世間の皆々様よ。あんたらみんな、狂ってます。神の言葉で癒《いや》します。神の言葉を聞きなさい。

コオロギ　……サカエ。
サカエ　……どう？
コオロギ　……サカエ……。いけるよ。神様よ！　俺らは、これから、神様の関係者よ！
雷。全員、サッと去る。
別の場所にフタバとヒデイチ、トー横キッズたちをかきわけ現われる。
歌舞伎町の路地。
フタバ　何年か前まで上野のキャバレーで働いてたところまではわかったの。問題は、その後よ。水商売をやった形跡もないし……風俗業界からはプツリと糸が切れてる感じがする。うーん。
ヒデイチ　マスは、もう、東京にはおらんのかもしれないねえ……あるいは野たれ死んだか……（風で新聞が顔に張り付く）。
フタバ　弱気になんないでよ。ね、歌舞伎町タワーいこ。二階の居酒屋、5分で気が狂いそうになるからおもしろいよ。
二人、歩き出す。
選挙の立候補者が通り過ぎるのだった。

ヒデイチ　町は選挙か。わたしゃ、一人だけ別の世界におるような気がする。
フタバ　おじさん！
ヒデイチ　なんだい、フタバちゃん。
フタバ　あれ、何？

別の場所に選挙ポスター（でかい）。

ヒデイチ　都知事選のポスターだねー。えーー？

見れば、マスの写真である。

フタバ　日本文化風俗党公認、スマダスエ……エスダマス！
ヒデイチ　何で……何で、マスがあんなところに。

タムラ、登場。

タムラ　おっと、見つけたァ！　ぬかったぜ。スマダスエが、エスダマスとはな。

フタバ　タモっちゃん。知ってたの？
タムラ　知ってたも何も、スマダスエは、風俗界の影の大立者だぜ。俺も記事にしたことがある歌舞伎町一の成功者、コズマ三姉妹のブレーンだって噂だ。とにかく、表舞台にこそ立たないが、その筋では一目二目置かれてる女さ！
ヒデイチ　何で、マスが……何で!?（走り出す）
フタバ　おじさん……。

雷。北九州聖愛病院。
ゆかた姿の老人が、ふらふらと別の場所に現われる。
九州の看護師、慌てて飛び出す。

九州の看護師　大変です。先生が！　院長先生がお目覚めになられました。奥様。院長先生が、お目覚めになられました!!

暗転。

一幕終わり

第二幕

団長ら登場。

福助陰陽研究会は新宿の小さなアパートで始まった
サカエはフクスケを神の子だと言い自分は神の使いだと言い放つ
コオロギすかさずそれを利用し、フクスケはこのゲームにのった
その会はわずか三年で信者数五千人を越す宗教団体となった
いっぽうその頃、コズマ興業ビル屋上では

コズマビルの屋上に、マス、エツ、ミツ。

エツ　マスさん。あんたがペンネームで書いた本、ずいぶん売れてるじゃないか。隠し

マス　てたね、文才を。
エツ　三日で書き上げたからね、何書いたかも、覚えちゃいない。
見下ろしてごらんよ。これが、あんたとあたしたちがたった四年で建てたビルだよ。
ホラ、あそこのキャバレーも、あの世界の山ちゃんも、この世界の片隅の山ちゃんも、
うちのもんさ。
マス　まだまだこれからよ。見ててごらん。そのうち、歌舞伎町中のネオンが夜空に
向かってこう書くわ。マスさん、あんたは正しかったって（笑う）。
エツ　あんたは正しい。そう言い続けな。続くのが正しささ。
ミツ　でもね、姉さん、悪い噂があるの。
エツ　……福助陰陽研究会かい？
マス　何それ？
エツ　最近、この界隈でのしてきた新興宗教さ。子役スターの病気を治して、教団に
ひきいれて以来、急激に信者が増えた。
ミツ　それが、私たちのビルの地所は、自分らの宗教の聖地だから、不浄な商売をする
者は立ち退けって言ってるらしいのよ。
マス　あたしより頭おかしいやつの話聞くと逆に冷静になるわね。
エツ　問題は、下手に正義の御旗をかかげて打って出られると、こっちゃ闇の商売も
してるからね、面倒になるってことさ。

マス　泣き叫ぶ赤ん坊を泣き止ませる一番の方法知ってる？
エツ　なに？
マス　その赤ん坊より派手に泣きわめくのよ。
エツ　ああ、そう。
マス　私、立候補するわ！
ミツ　えぇー！
マス　今度の都知事選に出るのよ（高笑い）。
エツ　おもしろいじゃないか。後ろ盾は、まかしときな。輪廻転生プレイの常連客には政財界の大物もいる。こんな時のために、連中の弱みは握ってあるんだ。

第五章「マス都知事選ニ出ル」

道。タムラとフタバとヒデイチがエツの演説を見ている。

タムラ　スマダスエ、つまり、マスは、コズマ三姉妹の資金を元手にあらゆる性風俗的アイデアを成功させた。名士だね、堂に入ったもんだ。

壇上に、マス、エツ、ミツ。
垂れ幕「日本文化風俗党公認　スマダスエ――東京都知事候補」
下段に、ヒデイチ、フタバ、タムラ。聴衆。

エツ　先ほども申しましたように、この歌舞伎町に流れついた折、私たち姉妹は、極貧の生活をしておりました。嵐の日に泣き叫ぶ盲の捨て子にさえ手を差し伸べられない。苦渋の日々。それから二十数年たちましたが、われわれ、風俗の世界に生きる者たちの低レベルの生活は、改善されたでしょうか？　スマダ先生！　風営法、並び、歌舞伎町浄化作戦以後、低迷する日本風俗業界に新風を巻き起こしたスマダ先生こそが、明日の私たちの生活を変えるのです。

拍手。
それを見ている三人。

フタバ　私も聞いたことあるわ。輪廻転生プレイとか。
タムラ　彼女が書いた『その道で生き、そしてぬけ』って本は、業界のバイブルとして、隠れたベストセラーさ。

フタバ　やなタイトルだ。
ヒデイチ　あいつに文章が書けるとは、とても思えません。
タムラ　おそらく、大学で文学をやってたコズマミツの代筆でしょう。本だけじゃない、マスは青汁の発明で特許もとっている。
フタバ　雑誌の広告で見たことあるわ。なんて人なの、マスさんて。
ヒデイチ　なんて奴なんだ、あいつは。
タムラ　なんて女さ。なんて女なんだよ。東京に来てからのマスはね。
ミツ　それでは、われわれ、風俗業界に生きる者の希望の星、スマダ先生にご登壇願いましょう。

愚民の拍手。

マス　どうも、スマダです。
ヒデイチ　マス！
タムラ　待てよ、とっつぁん。いま出て行っちゃ、困る。タイミングだ。俺にも考えがあるんだから（ヒデイチをはがいじめ）。
フタバ　何よ？　もう、見つかったんだから、いいじゃないの。
タムラ　馬鹿。マスは必ず落選する。再会はそれを待ってからのほうがおいしいだろ!?

フタバ　タイミングを待つなんて、純愛のやることじゃないわよ。純愛は、もっと、いきあたりばったりなものよ！

タムラ　（笑う）俺が出てきて、事がただの純愛で終わると思ってんのかよ。フタバ、おめぇも甘いな。さ、帰るんだよ、おっさん！

ヒデイチ　マスー！

三人、去る。

マス　……マス。

風が吹く。

ミツ　どうしたの、マスさん。

マス　鈴虫の臭い……しない？

エツ　……しない。そして、あんたは演技を続けるんだ。

マス　……私の第一の政策は、風俗業界に生きる者への福利厚生、すなわち生活保障です。たとえばAV女優の寿命は非常に短く、一、二年で消費され企画モノに流れていく。その先はスカトロ、レイプ、近親相姦。男たちの孤独な欲望を満たして、ビデオから消えて。どうなる？　死ぬわけじゃありません。その後何十年、生きて行かなきゃいけないうえに、彼女たちのあらわな姿は永遠に残るのです。業界は華やか。でも問題は、人間、華がなくなってからの人生のほうが長いってところにある。これは風俗全般に生きる者に当てはまりましょう。これでは日本の風俗文化はいつか滅びてしまう。昔、吉原《よしわら》の女郎たちは、年をとり、年季が明けると、帰る故郷がありました。でも、いまを生きる彼女たち、どの面下げて帰らりょか？　洗えど落ちぬマクベス夫人の手のひらの血のごとく、「穢《けが》れ」の刻印は人生の入れ墨。是が非でも、私は、風俗保険、そして風俗年金の設立をですね、この選挙に勝ったあかつきには、実行したい所存です！

拍手。

エツ　　立派なもんだ。

マス、落ち着かなくなる。

マス　　そんな……そんな鈴虫のいない社会を。

ミツ　　鈴虫？

マス　鈴虫を前に、お赤飯の力は無力です。
エツ　なにを言ってるの？

マスの頭に風が吹く。

マス　わたしは……鈴虫から、いや、夫から、いや、わたしから……逃げた。
ミツ　マスさん。
マス　十二人の子どもたち！
エツ　なんか始まった！　何、してんだい。マスを引っ込めるんだよ。
マス　（エツを振り払って）いつもそうだ。あたしがこうなると、あいつらは始まった、っていうのさ。半分笑いながら。そうだね。おさえつけられないものは笑うしかない。……あの人は、大丈夫って言った。大丈夫？　今考えれば、なにが、って話だけど、わたしは信じてみようと思った。吃音だったから余計真っ直ぐに感じた。紙とインクの香り、あの、断続的な機械音。単調な繰り返し。その中に自分を埋没させてみるのも悪くない。この世界の脇役として。しょせん田舎者なのだから。でもわたしのなかの、火。禍々しい、あの火。それを大丈夫なんて言葉で消すことができるといっときでも信じたあの人が、わたしには眩しすぎたのかもね。逃げ込む先は、いつも薄汚い男の腹の下。あの人は何も知らないけど、無自覚に垂れ流す「歓びの歌」がそのたびに責め立てる！　あの歌は、偽善の洪水！

エツ　つまりは世間！　そのもの！

マス　（哀れみを込めて）つらい思いをしたんだね！
わたしは逃げた。アンディ・ウォーホルは、誰でも10分間はスタアになれると言ったけど、逃げているうちは誰でもスタアさ！　美しすぎる声で「オーバー・ザ・レインボー」を歌ったジュディ・ガーランドの中身は、麻薬でボロボロだったって話がわたしには一番の救い。満開の桜の下にゃあ骸骨。誰でもリスクを背負ってる。それが真実。でも、なにかが後ろ髪をひき、それがわたしをまた暗闇に引きずり込むんだ……！

ミツ　さあ、エツ、この人を！

マス　（笑う）おや？　また逃げたね、わたしは。なにかの正体なんて、とっくにわかってるはずなのに！

ミツ　ああ！　マス……じゃない、スマダ先生も疲れてまいりました。ここらで、演説もお開きということで、エヘヘ。ありがとうございました。

マス　こんなあたしでも祝福した人間がいる。ずいぶん昔さ。赤と黒の下駄を履いた男と、盲の女。その二人に、どうかみなさん、永遠の拍手を！

エツとミツ、叫び続けるマスを連れ去る。

聴衆たち、振り向くと信者。太鼓たたく。フクスケの道場である。

コオロギとサカエ、登場。座る。

サカエ　ご報告ー。ご報告ー。

ドンツクドンツクドンツクドン。
ドンツクドンツクドンツクドン。

サカエ　南無《なむ》御大霊《おんたいれい》。南無御大霊。

全員　南無御大霊。南無御大霊。

ドンツクドンツクドンツクドン。
ドンツクドンツクドンツクドン。

コオロギ　それでは、先月お救いを受けた、影村洋介さん。福助御守護神様をお呼びする
ご報告を、お願いします。

影村　はい、私は、この年まで子役スターとして活動し、それなりの評価を得てまいり
ました。昨年、何十万人に一人という恐ろしい目の病気、蚕食性角膜潰瘍葡萄膜炎《さんしょくせいかくまくかいようぶどうまくえん》

にかかり、左右十回の手術を受けましたがうまくいかず、ついに盲になる手前というところで、この福助陰陽研究会に出会い、福助御守護神様に宇宙陰陽《おんみょう》二法の御説法を賜りました。それから一月《ひとつき》、サカエ御神代《ごしんたい》のお導きを受けるうち、かすみ始めた私の目に、光が差し込んできたのです。芸能活動をあきらめかけていた私にとって、かえがたい喜びでした。今後も会に残り、お返しを続けていく気持ちです（泣く）。

全員、拍手。

コオロギ　そうです。お救い。ご報告。お返し。お返しがあって、またお救い。ご報告。お返しと、この三つの霊式連鎖こそが、不幸幸福大反転への正しい道なのです。

サカエ　お救いー。お救いー。

ドンツクドンツクドンツクドン。

サカエ　南無御大霊南無御大霊。

全員　南無御大霊南無御大霊。

コオロギ　では次に、福助御守護神様より、今日のお救いの言葉を賜ります。

音楽。
フクスケ、神様的な扮装で登場。
全員、ひれ伏し、呪文を唱える。

フクスケ　（右翼の街宣車のような、ありえないイントネーションで）生まれてこの方、自分ほど不幸な人間はいないと、私は思っていました。しかしサカエ御神代と出会い、私こそ、不幸幸福大反転の守護神、一般的な言葉で言えば福・禄・寿であるとのお知らせを受け、不幸な皆様を何とかお救いしたいと願ったのです。不幸幸福の大反転とは、宇宙の法則に従った皆様の道、運命ですね、これへの異義申し立ての手続きを指して言います。私を通して、皆様の不幸を修正しましょう。それがお救い。後は、サカエ御神代のお導きを受けて、心身の健康、宇宙との調和をしっかりと取り戻すのです。

全員、拍手。

フクスケ　では、お救いの儀を行ないます。

別の道を歩いてくるフタバ、ヒデイチ、タムラ。

フタバ　なんでマスさん、立候補なんてしたんだろう。
タムラ　フタバ、政見放送って見たことあるか？
フタバ　たまに。
タムラ　半分はキチガイだ。
フタバ　やっぱり。
ヒデイチ　あのね。
タムラ　自分ってものが自分の中に収まりきれない人間は、病院に入るか、立候補するしかないんだよ。
ヒデイチ　……恥ずかしい限りです。
タムラ　恥ずかしいかい？
ヒデイチ　……はい。
タムラ　だからマスは、あんたのもとを飛び出したんじゃねえのか!?
ヒデイチ　（泣く）
フタバ　ひどいこと言うとき声張るとこ、好き。

フタバら、去る。

路上に、ヒロミとチャンミー、現われる。

チャンミー　どうして!?　なぜヒロミと別れなきゃいけないの？
ヒロミ　ヒロミはチャンミーに不実をした。だから、別れてその罪をあがなうのさ。
チャンミー　罪なんて許すわ。ヒロミ。好きなの。結婚の約束したでしょ！
ヒロミ　チャンミー。……不実は、果実だ。
チャンミー　なに言ってるかわからない。
ヒロミ　（金を渡す）少ないが、手切金だと思ってくれ。♪つらくないと言ってしまえば
　嘘になる
チャンミー　（金を数えながら）♪ありったけの気持ちで愛したから……

チャンミー、その場に泣き崩れる。
ヒロミ、場所を移動。
そこに熊のぬいぐるみを着た蒲生登場。

蒲生　ヒロミさん。お迎えにあがりました。
ヒロミ　蒲生？
蒲生　蒲生、ヒロミたんの帰りを待ちわびてたら熊になっちゃったの。

ヒロミ　……（笑）熊になっちゃったのぉ!?
蒲生　蒲生、熊になっちゃったの。
ヒロミ　男って……男ってよ！　こんなにかわいかったのかよ！（泣きながら抱きしめる）
蒲生　だったら、私の頼みも聞いてください。
ヒロミ　だったらが何にかかってんだかわからんが、まあいいや、なんだい。
蒲生　実は、恥になるのですが、地下のコレクションのことなんです。
ヒロミ　不発弾がなにか。
蒲生　火薬、抜いてもらいたいんですな。
ヒロミ　無理だ。姉さんが怒る。
蒲生　本当は恐いんです。あの倉庫、私の事務室の隣なんですよ。なんでそんなことするんですかね。何十発もあるんです。私の目、自衛隊にいた時、不発弾でやられたんです。男だから我慢してたけど、熊になってしまったら、もう、（はちみつを舐める）もう。
ヒロミ　……しかし。
蒲生　こっそりやりましょうよ。反対されるに決まってる。
ヒロミ　……なんだろう、かわいいかよ、男。

二人、去る。

チャンミー　ヒロミー!!

屋上。
風が吹いている。一人のマス。
悲鳴が聞こえる。声のほうへ向かうマス。
チャンミーを残したまま、道場に変わる。

チャンミー　ヒロミに別れを告げられたときは、死ぬかと思いました。私は、レズビアンです。だからこそ、強く生きてきたつもりです。でも、もうだめなのです。愛する人を失うということが、こんなに辛いとは……。
信者たち　負けないで。
チャンミー　こんな私を、どうかお救いください！（フクスケにひれ伏す）

ドンツクドンツクドンツクドン。

フクスケ　（神秘的なイントネーションで）あなたは、不幸な方です。
チャンミー　はい……。

フクスケ　不幸な運命に従うことこそ、真の平等の調和を守ることだとも言えます。しかしその不幸な調和の輪をあえて破る。それが、祈る力。宗教の力なのです。…………（目をつぶる）天との手続きがとれました。私たちはあなたをお救いします。

チャンミー　ありがとうございます！

全員、拍手。

コオロギ　それでは、こちらでお導きを受けてください。

チャンミー、サカエの元に行く。

サカエ、お導きの儀を施す。

コオロギ　ええ、ビギナーの方のために説明します。この方が受けられたお導きの儀、これが料金15万円となってまして、ローンもききます。あと、年会費が10万円で、会員を一人紹介していただくごとに3万円キックバックとなります。他に、福助御守護神様のお書きになった本、『不幸幸福大反転の術』、これが１００万円。うちとは関係ない普通の新約聖書も、なぜでしょう１０００円で売ってますよ。あと、フライパンにも使える鍋、これものすごく便利でして、メーカー希望価格

　　　　　1万5千円のところ、今回に限り送料無料で8000円で2個、ご奉仕させていただきます。安いですね。

サカエ　安いーーー！

フタバとヒデイチ、登場。

タムラの家。

フタバ　おじさん。いまさら会わないなんて、話が違うわよ。

ヒデイチ　（帰り支度をしながら）いいんです。もうよか！　私の手に負える人間だとは思えん。

フタバ　十年以上追っかけてきたくせに、しっぽ巻いて逃げる気!?

ヒデイチ　マスは死んだ。わたしの知ってるマスは立候補やら、あげんもんせん！

フタバ　被害者のままで終わるつもり!?　ああ、楽でいいわね、被害者は！　楽だ、楽だ！　被害者は。

音楽。

ヒデイチ　ひが、ひが、私が、被害被害被害者……あれ？　またまたまたどもどもどもりになっちゃった!! ひひひひ! おかおかおかしいな。キュキュ九州にいた頃とちちちっとも変わっちゃいない。私はいぢいぢめられっこのヒヒヒデヒデ坊さ、くくく（泣く）。

フタバ、ヒデイチをけっとばす。

ヒデイチ　……（少し笑って）が、がが、がっかりしました?

フタバ　がっかりしない。がっかりなんか、してあげないよ。あたしはいつだって、ふーんそうかって思うだけ。あー、つまらん。なんかいいことないかなって。電話帳見つめて思うだけよ。

電話が鳴る。

フタバ　おっとびっくり（受話器を取る）。

別の場所に、タムラが浮かび上がる。

タムラ　オレだ。

フタバ　タムラ？　どこほっつき歩いてんのよ。
タムラ　フタバか？　いま、九州にいる。
フタバ　九州？
タムラ　エスダのとっつぁんを、マスに会わせてないだろな。
フタバ　こんなときに、なんで九州にいるの、あんたは？
タムラ　とっつぁんの故郷で、二人のことを調べてんじゃねえかよ。本のタイトルも決めたぜ。『純愛よどこへ行く、そしてぬけ』、どうだ？
フタバ　早く帰ってきてよ。いま、東京は大変なことになってんだから。
タムラ　なんだ、どうした？
フタバ　福助なんとかって宗教団体が、マスさんの日本文化風俗党をものすごい勢いで攻撃してるの。なんかヤバイよ、これ！
タムラ　おもしろくなってきたじゃねえか。でも、もっとおもしれえことがわかったんだよ。とっつぁんは、子供の頃、いじめられっ子だったたって言ったな。
フタバ　何？　それがどうしたの？
タムラ　昔、とっつぁんをいじめた男たちと、マスは寝てるぜ。しかも、結婚した後だ。
フタバ　……（受話器を押さえ）どういうこと？
タムラ　その数、なんと十二人！　マスがとっつぁんと暮らした十二年、とっかえひっかえ一人ずつだ。近所の人間はみんな知ってたぜ。知らなかったのは旦那だけ（笑）。

フタバ　じゅ……十二年間、マスさんはうつ病だったのよ。
タムラ　じゃ、おめえは、なんだ？　毎日、違う男とはめ狂ってんのは躁病だからか？
フタバ　いいや。どうせまたホストに貢いでんだろ！　立ちん坊がよ。
タムラ　バカ！　スタンディングオベーションガールって呼べ！
フタバ　惚れたホストをナンバーワンにしたくて？　２０００万のシャンパンタワー入れて？
タムラ　誇りに思ってるよ！
フタバ　その売掛け返すために俺みたいな男の腹の下であえぎまくって。
タムラ　人助けだ。誰にでもできることじゃないよ！
フタバ　ホストじゃねえ。おめえはでっかい空洞にトンカラリンと金を放り込んでるだけだ。
タムラ　誇りに思ってるよ！　なめんじゃねえぞ！
フタバ　なァ、フタバ。俺が物書き辞められない理由が、わかるか？　人の、ふれられたくない部分を掘り起こすとな、必ず、金ピカの宝物が出てくんだ。俺だけに価値がある宝さ。
タムラ　最初からあんた、そのつもりで……。
フタバ　フタバよォ。
タムラ　……（嗚咽）……なによ？

タムラ　なあにが、純愛だ！　今度はそれで自分の空洞埋めるつもりか？　埋まんねえよ、売春婦がよ！

フタバ　（震えながら）売春婦じゃない。自分にスタンディングオベーションしてんだ、あたしは！

タムラ　切ろうか？

フタバ　え？　やだ。

タムラ　切ろうか？

フタバ　やだ！　やめて、やめて、やめて、やめて！

ヒデイチ、電話をとり上げる。

フタバ、抵抗するが、ヒデイチに押さえつけられる。

ヒデイチ　い、いろいろお世話にななWhile なりました。私、キュ九州に帰ります。いま、いま、いまのマスに会わない！　これこれこれが私の最後の意地意地意地というものなのかも知れ知れません。

フタバ　抱いてよ！　おじさん、（すがりつく）ねえ、激しくかきまわしてよ！

ヒデイチ　できんけん。ホストの代わりは。……さよなら。

フタバ　（笑いながら）応援してる！　あたし、応援してるんで！

ヒデイチ　あんたの笑顔は、怖い。

ヒデイチ、冷たくひきはがすと、飛行機の轟音とともに暗転。
ボンヤリと明かりがつくと、サカエが後ろ向きに座っている。
コオロギの部屋。
コオロギ、入ってくる。

コオロギ　……なんだ、サカエ、起きてたのか。何してるんだ。
サカエ　お化粧……。
コオロギ　……そんなの、俺がいつもしてあげてるじゃないか……こんな夜中に。
サカエ　疲れて帰ってきたあなたを驚かそうと思って、してみたの（振り返る）。

でたらめにぬりたくった顔。

サカエ　どう？　きれいに塗れてる？
コオロギ　……今日、また十人、入会した。
サカエ　あんた。
コオロギ　もう、寝ろ。

サカエ　あたしって、やっぱり気ィ狂ってんの？　キチガイ？　私。
コオロギ　寝ろって。俺も寝るから。
サカエ　ごめんね……。好きな人の前で……気なんか狂っちゃって。

コオロギ、サカエを抱き締める。

サカエ　普通じゃないです。神様、乗り移るなんて。でもね……神様の関係者の声を聞いたよ。コオロギさんはサカエちゃんが好きなんだよって。
コオロギ　ああ。
サカエ　気ィ狂ってるね、やっぱし。
コオロギ　……おまえが気ィ狂ってるにしろ狂ってないにしろ、神様の言うことに間違いないさ。
サカエ　……そうよね、なんつっても神様だもんね……でも、私のところに来るなんて、バカな神様。
コオロギ　……ああ、神様は、バカだ。
サカエ　神様のバカ。
コオロギ　神様のバカ！　（泣きが入って）
サカエ　神様のバカ！

コオロギ　神様のバカ！
サカエ　神様のバカ！

ヒロミの断末魔。
コズマビル地下室。
チャンミー、ヒロミを刺しながら登場。

ヒロミ　……チャンミー。なぜだ！
チャンミー　不幸返しよ。
ヒロミ　不幸返し……？
チャンミー　福助様に言われたの。宇宙のなかの幸福と不幸の量は決まってるから、自分に幸福をまわすためには、不幸にしていい人にどんどん不幸になってもらうしかないって。

蒲生と菱餅、登場。
ヒロミ、倒れる。

蒲生　何してやがる！

チャンミー　……あんたにも不幸を分けてやるわ。

チャンミー、蒲生に襲いかかるが、逆手をとられてしまう。

蒲生　やれ。

菱餅　（チャンミーのバッジをとって）福助陰陽研究会のバッジです。

チャンミー　殺してやる！　コズマの人間は皆殺しだ！　南無御大霊南無御大霊。

菱餅、チャンミーを刺す。

チャンミー、倒れる。

ヒロミ　チャンミ……。

チャンミー　……ヒロミ……刺してごめんね。

ヒロミ　おいらが悪いんだ……。

二人、手をつなごうとする。

蒲生、ヒロミの手を突き刺し、絞め殺す。

マスの声　エツさん、こっち、地下室だよ！

風。

コオロギとサカエの部屋。

サカエ　許せない人間が三人だけいる。エツとミツとヒロミ。コズマの姉妹よ。こんな、風の夜だったそう。私を歌舞伎町で拾ったポリスの奥さんが、お伽話《とぎばなし》のように私に語ってくれた。あんたはこれからいろんな人間に見放されるだろう。そんなものはどんどん忘れなさいって。でも、あんたが生き抜くために最初に見放した人間の名前だけは忘れるなって。エツ、ミツ、ヒロミ。いまじゃ、私が捨てられたあの場所に大きなビルを建ててる。

コオロギ　コズマ興業ビル。歌舞伎町で一番でかいビルだ。

サカエ　私は、あそこに帰るわ。あそこが、私と神様の聖地よ。あの人たちより先にいた。私の場所よ！　取り返す！

コオロギ　取り返そう、サカエ。取り返すからもう、静かに寝ておくれよ。

サカエ　……面倒くさくて、ごめんね。ごめんね。

コオロギ　……いいんだよ。

入れ代わりに、マスとエツ、入ってくる。

マス　確かに、ヒロミの叫び声がしたわ。

エツ　……これは、なにごとだい……。

蒲生　……（バッジを見せ）福助陰陽研究会。……コズマの人間は皆殺しだって言ってましたぜ。

エツ　……何だって？

マス　……蒲生。ボヤボヤしてないで、死体を片づけな。大事な時期にスキャンダルはごめんよ！　あと、鈴虫の臭いがするよ。

蒲生　……（菱餅と、ヒロミをかついで去る）しないけどな！

エツ　ヒロミ！……。

コオロギの部屋。

コオロギ、立ち上がる。

コオロギ　そうだ。サカエにお土産があるんだよ！　フクスケ！

大きなパネルを持ってくる。

フクスケ　身長四十メートル。総費用三億。福助大仏完成予想図さ。俺のデザインだぜ。ここから猫が飛び出して見える。
コオロギ　これを、おまえの聖地、歌舞伎町におったてる！　宗教で稼いだ金なんて、所詮、あぶく銭さ。派手に使ってとんずらこいちまおうぜ、リオデジャネイロあたりに。
フクスケ　いいね、大仏、建て逃げ。
コオロギ　おがんだ奴ほどバカを見る。
フクスケ　厚さ三ミリ、スッカラカン。ブリキ作りのボッコボコ。
コオロギ　意味ねー！
フクスケ　サカエちゃん！　あんたの面倒くささってたいしたもんだな。コオロギに、ここまでさせるんだから。
コオロギ　どう？　サカエ、幸せか？　幸せだろ。
サカエ　……もう、遅いよ。
コオロギ　幸せか？
サカエ　もう、戻れないよ。
コオロギ　……寝ろ！

音楽。暗転。
団長たち出てくる。

ヒデイチは田舎に帰り工場をつぶして畑を作る
一方、投票日まで後三日
マスたちの選挙活動はマスコミの注目を浴び、予想外の支持を得た
同じ歌舞伎町では福助陰陽研究会の創立三周年記念祭が行われていた
最終章
「全テ納マル所ニ納マル」

会場。太鼓が鳴り響く。
垂幕「福助大仏建立祈願・目標総額三億円」
作家赤瀬川と影村、至福の笑み。
大拍手。

赤瀬川　みなさんこんにちは。福助陰陽研究会顧問の赤瀬川です。みなさんは、いまここにいる幸せを噛み締めるべきです。なぜなら、私、半ば使命感、半ば趣味として、いろんな宗教の顧問を担当してまいりましたが、福助陰陽研究会ほど可能性を感じる宗教もないと断言できるからです！

拍手。

別の場所に、チカの注射をうけるコオロギ。

チカ　盛り上がってるじゃないの、楽屋でこんなことしてていいの？　あんた。
コオロギ　ここまでくりゃ、俺のすることァないよ。赤瀬川先生が仕切ってくれる。フー。
チカ　胡散臭い男ね。もとは放送作家なんでしょ？
コオロギ　自分が同性愛者だってことに苦しんでうちに救いを求めた。
チカ　人生ぴろぴろ。
コオロギ　隣の影村って子役がウチの熱心な信者でね、そのガキに先生ご執心なのさ……金。
チカ　……最近すぐくれるね。（受け取るが）つまんない！　くれるくれないの熱いやりとりがいいんじゃゃん！　あたしでハモニカ吹きなよ！　昔みたいに、ほれ！　（自分でパンストを破く）

コオロギ　……優しくしてくれりゃあいいんだよ。
チカ　……（目を丸くして）冗談でしょ？
コオロギ　ホラ。フクスケ大先生のお出ましだぜ。ココアでも飲めよ。（リップクリームを塗る）
チカ　……つまんない！　あたしは、やりとりがしたいんだ、馬鹿野郎（去る）。
赤瀬川　いいですか？　みなさんを含む全国三万人の会員が一万円ずつのお返しをすれば、大仏建立の費用は賄《まかな》えるのです。ヤクザとホストと売春婦が跳梁跋扈《ちょうりょうばっこ》する不浄の地と化した歌舞伎町を取り戻し、聖地として復活させるのです！

拍手。

赤瀬川　それではいよいよ感動の瞬間です。我が福助御守護神様にご登場いただきましょう！　南無御大霊！

ファンファーレ。
フクスケとサカエ、登場。別の場所に、ミツと菱餅、登場。

ミツ　いまだよ！

菱餅、電源を切る。暗闇。

影村の声　アアッ。
赤瀬川の声　どうしたんでしょう？　霊的エネルギーの放散でしょうか。

明かりがつく。

赤瀬川　あっ。復帰した模様です。
影村　赤瀬川先生！（赤瀬川の手を握る）
赤瀬川　（小声）何だ君《きみ》、こんな所で。
影村　御守護神様が！
赤瀬川　……消えた！

別の場所からミツ、菱餅。男1と男2、気絶したフクスケを運んでくる。

ミツ　いい？　おまえたち。いまは、マスさんの大事な時だ。復讐は静かに行なうからね。
　思い知るがいいわ。

四人、去る。ざわつく会場。

コオロギ、ステージに登場。

コオロギ　皆さん、お静かに、お静かに！　（サカエに）一体どうなってんだ。フクスケはどこに行った？

蒲生、登場。

蒲生　コズマ姉妹にさらわれたんでございます。

コオロギ　……誰だ、このロマンスグレー。

蒲生　ほっほっほ。あんたらの力になりたい。わたしゃ、あいつらの下で働いてた。コズマ姉妹をなめちゃいけませんぞ。ああたがたの動きを知って、いち早く手を打ったってことです。早く取り戻さないと、教祖様の命はありません。

コオロギ　どうすりゃいいんだ。

蒲生　信者のなかに戦力になりそうなのはいませんか。ドーピングしましょう。

コオロギ　ドーピングって。

蒲生　日本人が大好きな。24時間戦える奴だよ。

路上。フタバとタムラ、登場。

フタバ　帰ってくるなりなんなのよ、もうついていけないよ、タモっちゃん！

タムラ　いいから聞け。おめえはエスダのとっつぁんと連絡を取り続けんだぞ。マスが危険だっつってな。

フタバ　危険って、どういうことよ。

タムラ　福助何とか教の信者に化けて、三周年記念祭だとかいうイベントに潜り込んだ。教祖様の姿を見て、笑ったね。スガマナツオだったんだよ！

フタバ　スガマナツオ？

タムラ　ミスミ事件の生き残りの奇形児で、身元がわからず消息も不明になってた、フクスケ野郎さ。いいか。今度の件は、バラバラに見えて、実はつながってたんだよ。しかも、イベントの真最中、ナツオはさらわれた！

別の場所。隠れ部屋にフクスケを連れて、ミツと菱餅、男1と男2、入ってくる。フクスケを椅子に縛りつける。

また別の場所に、エツ。不発弾格納庫の扉の前に立つ。

タムラ　犯人は、俺の勘じゃ、コズマ興業だ。奴ら、歌舞伎町じゃヤクザ以上に力を持ってる。

噛みつかれて黙るタマじゃない。

ミツ、服を脱ぐ。ＳＭの女王姿。

別の場所では、エツが巨大な不発弾に愛撫をしている。

タムラ　俺は、とにかくコズマ興業ビルに行くから、おまえは家で連絡を待ってくれ。

タムラ、去る。

ミスミ、登場。タムラを目で追う。

ミスミ　……見ーつけた。

フタバ　何よ？　こじき！

ミツの部屋。

ミツ　（ムチを鳴らして）始めるわよ。イチヂク坊や。

再び、フタバのいる道。

ミスミ　（笑う）タムラくんとどういうご関係ですぅ？

フタバ、気味悪くて去る。

アナウンサー　（どこかに出てきて）自殺未遂で植物人間になっていたミスミ事件関連の容疑者である北九州聖愛病院院長が、先日、意識を回復していたことが判明しました。本日の午後、記者会見を行ない、売り渡した赤ん坊の身元を公表する模様です。院長の証言によれば、赤ん坊はそのとき「まだ生きていた」ということです。……次は、都知事選の話題です。

投票日まで　後二日

ボンデージを身にまとったミツの部屋。ぐったりした、半裸のフクスケ。

ミツ　何してんの。……何してんの!?　あたしのことどう思ってんの！

フクスケ　……一生懸命やってらっしゃる。

ミツ　一生懸命やってません！　……現役時代を思い出すわ。（叫ぶ）寝るのは早いってんだよォ！　この腐れカボチャのラッキョ頭のクソが（蹴る）。

フクスケ　た……助けて……。

ミツ　憐《あわ》れっぽい声出してもだめだよ。そっちが先に仕掛けてきたんだ。

フクスケ　……お願いよ。僕は何にも知らない。利用されてただけだよ。

ミツ　んなことァ、わかってるよ。おまえみたいな、カタワの脳膜炎に、何ができる。黒幕は誰なの？　あの、盲の巫女かい？　だいたい、何で、おまえたちは私らを目の敵にするのさ⁉

フクスケ、気を失いかける。

ミツ　そんなに眠いなら、眠れなくしてやろうか？（ミツ、覚醒剤を出し、フクスケに打ち、唾をかける）目が醒めたかい？　ヘチマ顔のとっちゃんぼうや。（ムチ打つ）先祖は大和芋かい？　この、肉が！　万世が！　私は万世です、って言ってごらん⁉（ムチ打つ）言え！　私は肉屋の万世の肉が好きな肉屋の万世の肉食う肉屋の万世好きな万世の肉屋の肉です、って！　なんだそりゃ馬鹿野郎！（ムチ打つ）おまえなんか、人間以下だろ⁉　ゾウリ虫が！　ウジ虫が！　チクワ虫が！　いない！　チクワ虫なんかいない、バカ！

間。
フクスケ　……おばさん、疲れちゃったのかい？
ミツ　まあね。
フクスケ　（ロープをほどく）……見世物小屋にいたとき、せむし男に縄抜けの術を習ってて良かったよ（ゲラゲラ笑う）！
ミツ　……あんた……。
フクスケ　あんたは正しい振る舞いをした。俺に親切にしない。
ミツ　誰か!!　誰かー！
ミツの悲鳴。
すぐにコオロギ、蒲生、赤瀬川、影村、登場。コオロギの家。
影村　大きな音しますよ。（撃つ）本物ですね、これは（銃を手に）。
蒲生　まだ、いくらでもある。
コオロギ　しかし、何で、ヤクザが私らに武器を。
蒲生　憎まれてるんです。コズマ姉妹は、歌舞伎町中のヤクザにね。潰したがってる奴はごまんといる。ところが、いままでどうしても手が出せなかった。エツは政界に顔が利きますからねえ。

コオロギ　それだけとは思えませんがね。

蒲生　さすが察しがいい。コズマ三姉妹は自分たちで噂を流した。歌舞伎町中のヤクザを殺せるだけの、すごい武器を持ってるとね。実際は、自衛隊の演習場から横流しされた不発弾です。そりゃあ破壊力はでかいですがね。

コオロギ　それを本気で歌舞伎町のヤクザが恐れてた？

蒲生　蔓延させたんです。不安を。ヒロミには予知能力があったし、コズマ三姉妹は不安をあやつる天才です。

コオロギ　やっかいな連中を敵にまわしたってことか。

赤瀬川　御守護神様を無事お救いすることはできるんでしょうか？（撃つ）

蒲生　おい。自由に撃つな。ブラジルかここは？……手は打ってある。コオロギさん。この件、わたしにまかせてもらっていいですか？

コオロギ　……聞いていいすか？　あんたにはどんな得があるんです。

蒲生　途中で中断されたケンカの続きをやってるだけですよ。まあ、宗教に入る気持ちもわからなくもない。昔、別れた女房との間にできた一人息子を、行きずりの売春婦に殺されましてね。行き場のない怒りってのは、神様にでもぶつけたくなるもんです。

コオロギ　子供ってのは、いいもんかい。

蒲生　子供を殺された親は、バケモノですよ。……決行は明日。（赤瀬川に）集められるだけの信者に、（カバンをわたして）このクスリを回してくださいな。それからコズマ興業ビル前に集合だ！

蒲生と赤瀬川、影村、去る。

サカエ、登場。

サカエ　……あんた。
コオロギ　おお、サカエ、気がついたんか。
サカエ　……帰ってきたんだね。
コオロギ　え？
サカエ　（頭を押える）痛……何で、私はこんな格好してるの？（触って）あんたも、なんかモサーッとしたものなんか着て。
コオロギ　……おまえ……まさかおまえ、神様が。
サカエ　神様って、何？……フフ、変な人。

菱餅、男1と男2、別の場所に現われる。ミツ、倒れている。

菱餅　専務！

男1　（ミツを抱き起こす）あっ！
男2　……鼻が！（ミツの鼻はもがれていた）
菱餅　あの化物どこに。

ミツ、上を指差す。

男2　通風口がこじ開けられてますね。
男1　空調ダクトのなかに逃げ込みやがったか。
菱餅　めちゃくちゃ、きもいな。
ミツ　（自分の鼻に触って叫ぶ）！

ガサガサと天井をはい回る不気味な音。ゾッとする男たち。叫ぶミツを連れ去る。
場所変わって畑仕事をするヒデイチ。通り掛かる農民1と農民2。

農民1　よお、エスダさん。帰ってきてたんね。
ヒデイチ　……はァ。庭にね、畑を作ろうと思って。
農民2　ついこの間くさ、変なカツラを被った太った男が、あんたのことを嗅ぎ回りよったよ。

ヒデイチ　……タムラ？

ヒデイチ、不安な面持ちで作業。

別の場所。川べり。

アナウンサーとエツ、見物人、登場。

アナウンサーはどんどん見世物小屋の団長と人格が混ざり始めている。

アナウンサー　現場は大変な騒ぎになっています。今回の都知事選の異色候補、スマダスエさんが演説の最中、（団長で）近くで遊んでいた赤ん坊が川に落ちた！　いえ、落ちました。それを目撃したスマダ候補は、（団長で）迷いもなく川に飛び込んだ！　飛び込みました。そしてすでに5分が経とうしております。後見人のコズマさん、どうでしょう。二人は無事だと（団長で）思うのか!?　いえ、思いますか？

エツ　スマダは死なない。いまに浮かんでくるさ。

母親　ノボルー！　ノボルー！

ヒデイチ、畑で妙な物を掘り当てる。

三つの場所、同時進行。

ヒデイチ　……何だ……これは?
エツ　ごらん!

マスが、ドロドロになって、赤ん坊を抱えて現われる。
と同時に、ミイラ化した赤ん坊を掘り出すヒデイチ。

アナウンサー　やった。やりました!
マス　生きてる!　生きてる!
ヒデイチ　(叫ぶ)!
見物人　おお!
ヒデイチ　(恐怖に叫ぶ)!

赤ん坊を自分の子のように放さないマス。

母親　早く!　こっちに!　なぜ、くれないの!?
エツ　マス!　どうした!　笑うんだ!

死体を抱え、叫び続けるヒデイチ。

拍手鳴り止まぬ群衆。

アナウンサー　この事件は明日のスマダさんの得票率に大きな影響を及ぼすでしょう。

その日エスダヒデイチは自宅の庭から十二体の赤ん坊の死体を掘り出した

顔を切り刻まれたフタバの幽霊、登場。

フタバ　次の日、私は死にました。なぜ自分が死ななければいけないのか、理解しないままに。あたし、何度も死のうとして死ねなかった。ある日、知らないおじさんに生きる望みをたくしてみた。なのに、気づいたら、こうなってた。

暗転。

そして投票日。全てが終り　全てが始まる

それぞれの部屋で電話するフタバとヒデイチ。

フタバ　……本当のことを知りたいの？　おじさん。
ヒデイチ　わからん。なんだかわたしは、もうわからなくなった。
フタバ　マスさん、時々いなくなることなかった？
ヒデイチ　うん、一年に一度、二、三か月、田舎に帰るといって……。
フタバ　……やっぱり……。
ヒデイチ　……え？　まさか……。　あいつは精神的にあれだからと思って……。　いや、まさか……。
フタバ　マスさんは浮気をしてたのよ。　一年に一人、十二年で十二人。

ヒデイチ　……じゃあ、じゃあ……。

ガラスの割れる音。振り向くフタバ。
大勢の信者が太鼓をたたきながら登場。
コズマ興業ビル前。
幟《のぼり》「魔女退散」「コズマ壊滅」
アナウンサー、登場。

アナウンサー　ここ、歌舞伎町コズマ興業ビル前は、大変な騒ぎに包まれております。今朝投票も終わり、開票結果を待つのみとなった異色候補であり、昨日溺れる赤ん坊を救ってまたも話題をまいたスマダ候補、スマダ氏の選挙事務所もあるビルですが、二千……いや三千人ほどの福助陰陽研究会の会員が、その周りを二重三重に取り巻いているのです。
赤瀬川　教祖様を返せー！
全員　教祖様を返せー！
赤瀬川　コズマの人間はここを立ち退け！
全員　立ち退け！
アナウンサー　こちらに放送作家の赤瀬川先生がいます。みなさんはここで何をしているんですか？
赤瀬川　こいつらはね、うちの教祖様をさらったんだよ。誘拐魔！　誘拐魔が住んでんだよ。このビルには！

エツとミツ（ミツは鼻がない）、別の場所に。

エツ　この大事な日に、なんて騒ぎなんだい。化物はまだ見つからんのかい！
ミツ　若い衆に、ビル中、くまなく捜させてるけど、空調ダクトのなかにもぐりこまれちゃ……。
エツ　あんたは、鼻まで食われて、くやしくないの⁉　一階のシャッターは、全部降ろしたろうね。
ミツ　それは蒲生に命令したわ。
エツ　畜生。昨日、マスが子供を助けたときは、神様もなかなかブラックユーモアがわかる、って思ったのに……。

蒲生、別の場所にチャンミーの死体を抱いて現われる。

蒲生　（下を見下ろし）みんな！　この死体を見てくれ！　（メガホン）

エツ・ミツ　（上を見上げ）蒲生！
蒲生　コズマ姉妹の一人と結婚の約束をさせられた上に、ふられて殺された娘だ。福助陰陽研究会の会員だ！　魔女だよ、コズマの人間は！
信者たち　（口々に罵る）
エツ　蒲生！　裏切ったか！
蒲生　（下に）あんたらを潰せば、幹部に迎えてくれる歌舞伎町の企業は、いくらでもある。
ミツ　あんなに面倒みてやったのに！
蒲生　福助陰陽研究会が現われたのは嬉しい誤算です。ついでに言おうか。ヒロミを抱いたよ。すごく頑張りましたよ！
ミツ　殺してやる……。
エツ　殺してやる！　殺してやる！
エツ・ミツ　殺してやる！　殺してやる！
蒲生　（下に）みんなで体当たりすりゃ、シャッターなんかぶっこわれるぞ！（消える）
信者たち　（雄叫び）！
信者たち、去る。

アナウンサー　大変なことになりました。いまや、歌舞伎町は暴動が起きそうな勢いです。スマダ候補は一体どうなるのでしょう。

アナウンサー、電動キックボードで去る。

エツ　いいかい、ミツ。若い衆に入口を守らせるんだ。入ってくる奴はぶっ殺せ。マスはどこにいる？

ミツ　部屋で開票速報を見てるわ。姉さん、どこ行くの？

エツ　格納庫さ。いざとなったら、あいつらの上に不発弾の雨をふらせてやる（笑う）。

二人、去る。

ヒデイチとフタバ。

ヒデイチ　どうした。フタバちゃん。

フタバ　いや、ガラスの割れた音が……。

ヒデイチ　マスかい？　マスは、自分が産んだ子を埋めたのかい？

フタバ　マスさんはね、そうすることで、自分と世界を殺したのよ。

ヒデイチ　何それ？

フタバ　リセット、リプレイ。死と再生よ。この世は悪い世界。その悪い世界と、鬱になると男が欲しくなる悪い自分を、同時に消滅させて、新しい人間として生まれ変わりたかったの。

タムラ、コズマビルのどこかに懐中電灯を持って現われる。

タムラ　どこだよ、フクスケ。どこにいるんだ。また、俺を儲けさせてくれよォ（捜す）。
ヒデイチ　しかし、なぜ赤ん坊を……。
フタバ　赤ん坊は、マスさんにとって、悪い世界と悪い自分の間に生まれたもの。引き伸ばされた分身よ。だから、赤ん坊を殺すたびに。
ヒデイチ　マスは生まれ変わってたちゅうことか。
フタバ　かわいそうに、おじさん。
ヒデイチ　かわいそうやんね、おじさん。なぐさめてくれるんかい。
フタバ　おじさん、知らなかった？　まだ延長の途中だよ。もっと延長してもいいんだよ。
ヒデイチ　いいことあるかな。
フタバ　ただだよ。延長しようよ。ねえ、死ぬまで延長しようよ。

ミスミ、現われる。

フタバ　……あなたは！

ミスミ、フタバを追いかけながらナイフを突き刺す。

ミスミ　（刺しながら）さすが！　ヤケドのタムラのガールフレンドだ。ブスだね。ブス！
　ブス、ブス、ブス！

ミスミ、執拗に見ようによっては交わっているようにフタバを刺す。

ヒデイチ　（悲鳴が聞こえるので）フタバちゃん、フタバちゃん！

ミスミ　ホラ、だんだん綺麗になってきた。（笑う）ブスは罪！　罪には罰！　ね、罰を
　受ける人間は美しい！

間。

フタバ　……延長で……神様、お願い、延長でお願いします……チェンジかよ（息絶える）。

タムラ、ビルの高所に登場。

タムラ　フクスケ！　俺とおまえはシーソーゲームだな。おまえが沈めば俺が浮く。出てこーい。おまえはホルマリン漬けになる運命だ。今度は俺の番だろ？　抵抗するんじゃやねえぞ。

ミスミ　（突然出てきて）残念だね。タムラ君。もう、君の出番はないんだ（タムラの所へ）。

タムラ　ミスミ！　あんた、生きてたのか……。

ミスミ　人がゴミのようだ！

タムラ　落ち着け！

ミスミ　幕切れは鮮やかに頼むよ（追い詰めていく）。

タムラ　待ってくれ、おちつけ（ジリジリ、後に下がる）。

ミスミ　だめ（襲いかかる）。

タムラ　これでもくらえ（かつらを投げる）。

ミスミ　ヒイ！（足を滑らせ、壁にぶら下がる）

タムラ　ははは。最後の切り札は持ってるもんだね。死ねや！

ミスミ　頼む……助けて……。

タムラ　じゃ、俺のデンタルフロス、食え！（デンタルフロスをミスミの口にねじこもうとする）

ミスミ　殺せー！　殺せー！

フクスケ、現われ、タムラの頭を叩き割り、突き落とす。どこまでも落ちていくタムラ。

ミスミ　……おお！　フクスケ。会いたかったよ。

ミスミ、フクスケに抱きつく。

フクスケ　ミスミさん……死ねや（ナイフで刺す）。

間。

ミスミ　やっと、僕も、この人生の舞台から降りれるんだね。あ、怖いね、降りるのも（落ちる）。

菱餅、男1と男2、登場。
フクスケ、隠れる。

男1　残るは、このボイラー室だけです。

フクスケ、男1・男2に飛びかかる。

男1・2　（首を折られて絶命）
菱餅　あっ。てめえ！

菱餅とフクスケの対決。
フクスケ、菱餅を殺す。

フクスケ　通信教育で空手を習っといて良かったぜ（去る）。

コオロギとサカエの家。

コオロギ　そうか、神様、いなくなっちまったか……そら、まいったな。
サカエ　どうしたの？
コオロギ　おまえの信者たちに、霊薬だっつって、シャブ打っちゃった。

サカエ　それで？
コオロギ　……ま、いっか。後は野となれ山となれだ。サカエ、久しぶりにするか。
サカエ　いいよ。

コオロギ、ズボンを下げようとしている。

コオロギ　あ……その前に、ずっと聞き逃してたことがあるんだ。
サカエ　何？
コオロギ　フクスケと、寝た？

間。

サカエ　そう言って欲しいの？
コオロギ　ねえねえねえ、寝た？
サカエ　この……種無し。
コオロギ　え？
サカエ　……寝たよ。ああ、寝たさ！　あんたの血を受けたフクスケだ。あの子と子供をつくれば、その子の血は、あんたの血！　汚れたあんたの血！

コオロギ　……（サカエを蹴り、首を絞める）。

二人、消える。
シャッターが破られる音。
コズマ興業ビルに暴徒が侵入してくる。

赤瀬川　いたぞ！　魔女の一人が！
影村　そっちに逃げ込んだ！
全員　引きずりだせ！

暴徒、扉のほうへ行く。突き破る。
別の扉が開く。格納庫。
エツがいる。

エツ　（不発弾を手に）カラだ。カラ！　これも空っぽ。みんな、信管も火薬も抜かれてる。
　畜生、蒲生の奴！

扉、閉まる。

別の扉が開き、ミツが引きずり出される。

影村　教祖様はどこだ！
ミツ　知らない。逃げたのよ！
赤瀬川　嘘つけ、この魔女が！
ミツ　魔女じゃない！
赤瀬川　じゃ、なんでそんなに魔女感に満ち溢れてるんだ！
ミツ　たまたま！　時のめぐり合わせ！
赤瀬川　よし。拷問しよ、拷問！　こいつが魔女かどうか、拷問しちゃおう！
全員　（叫ぶ）

全員、叫ぶミツを連れ去る。
垂幕「その頃マスの躁状態は」「鬱へと移行しつつあった」
テレビを見ているマス。
別の場所に、幽霊のフタバ。

フタバ　そして私は見晴らしのいい場所に立って考える。ホストに2000万円借金作って身体を売ってたあたし、あれは本当にあたしの人生だったのかなあ。ほら、あそこに穴が見える。あれは、あたしの穴。あたしがあけたあたしの穴に、あたしが放り込まれてる。

蒲生、マスの所に現われる。手に銃。

蒲生　スマダスエ、落選確実！　おしかったですなあ。人命救助までして、売名したのに。
マス　一人救っただけじゃ、おっつかないわね。
蒲生　おや。元気がないですね。……さァ。続きをやりましょうよ。
マス　続き？　……なんの？
蒲生　（笑う）鈴虫の話ですよ。
マス　鈴虫？
蒲生　ちょっと待て、忘れたなんて言わせないぜ。鈴虫の臭いがするかしないか。ここで決着をつけるんだ。そのためにお膳立てしたんだよ。
マス　鈴虫の決着でいいの？
蒲生　ああ？
マス　あんたの息子、蒲生ゴローってんでしょ？
蒲生　なぜ、それを？
マス　死んだでしょ？　名古屋で。

蒲生　……。
マス　あたしが殺したわ。正当防衛だけどね。
蒲生　なんだってえ!?

銃声。
蒲生、倒れる。
蒲生、激しく苦しみながらマスの首を絞めようとするが、死ぬ。
フクスケ、登場。

フクスケ　（銃を構え）決着は、俺がつけるよ。あんたがここの黒幕かい？
マス　……許して。あなた、怒ってる。私が悪かったんでしょ？　きっと、そうよ。いつもそうなの。
フクスケ　何だか知らんが、俺に許しを請う限りは、あんたを許さないよ。
マス　わたしは、はしゃぎ過ぎた。ごめんなさいよ。
フクスケ　謝るな！　俺とセックスしろ。俺とセックスしないなら、俺を憎め。でなきゃ、誰にも、俺に謝らせない（マスのスカートをめくる）。
フタバ　あの穴の中、あたしが放り込んだ本当の人生、もう一つの人生、見えるかな。
マス　許さないで。

フタバ　穴の中のあたしにも……穴が空いてる！
マス　……ウ！　（挿入された）

コオロギとサカエ、映写機を持って別空間に登場。

コオロギ　映すぞ。
サカエ　うん（目が開いている！）映して。

スクリーンに映る映像は、コオロギがサカエを締め殺すシーンを延々とらえる。

コオロギ　俺たちだ。
サカエ　私たちね。
フタバ　そっちからこちらはあたしはどう見えるの？　ねえ！
サカエ　ねえ、あなた。私は、もういないのよ。
コオロギ　違う！　永遠だって、誓ったじゃねえか。
サカエ　神様みたいな女の前でね、でも。
コオロギ　続けるんだ！　見ようぜ、映画を。
サカエ　……ほんとにわがまま。

フクスケ　（責めながら）あんたは俺によく似てる。
マス　私は、空っポの女よ。
フクスケ　俺も空っポだ。
フタバ　おーい！

エツ、空弾を持って登場。

エツ　これも空っぽ。こっちも空っぽ。
マス　空っぽよ。
フクスケ　空っぽさ。
エツ　でも、まだ奥の手はある（去る）。
アナウンサー　（どこかに現われて）開票速報の途中ですが、ニュースをお送りします。今日午後、ミスミ事件の生き残りで現在行方不明のスガマナツオ君の身元を知る医師の記者会見が行なわれました。同医師は、事件後、自殺を図り、四年間植物人間の状態でしたが、つい最近、意識を取り戻し、この会見に臨んだ模様です。医師の話によると、スガマナツオ君の両親は、北九州でメッキ工場を営むエスダヒデイチさんとマスさん夫婦であるとのことです。同医師は、ナツオ君を取り上げた後、夫婦に死産であると偽り、ナツオ君をミスミ製薬に売り渡しました。なお、母親のマスさんも現在行方がわからず……（去る）。
フクスケ　いま、俺の体のなかに、歓びの唄が鳴り響いてるのがわかるかい。
マス　わかるわ。私とあなたは、昔、よくこの曲を聞いた。人生で一番の思い出の曲。
フクスケ　俺はあんたを許さない。
マス　許さないでね、わたしを。
フクスケ　俺はだれも許さない（激しく腰をふる）。

最上階に爆弾を抱くエツ。
別の場所、赤瀬川の手で死刑の準備をされるミツ。

エツ　（笑う）蒲生も、まさか屋上にこれを隠してたとは気づかなかったようだね。
ミツ　姉さん、聞こえる？　私を送る楽隊の音が、あんなに楽しそうに鳴ってる。

エツ、爆弾を中央に置く。風。

フタバ　おーい。おーい。
ミツ　これを聞いてると、何のために私たちが生きてるのか、何のために死んでいくのか、わかるような気がする！　それがわかればね。

フタバ　おーい。おーい！

エツ　ミツ、ヒロミ、私はこれがやりたかった。最初からこれがやりたかった。高い所から皆殺しさ！（爆弾にまたがる）

フクスケ　母ちゃん！　ここか！

マス　おまえ、そこよ！

コオロギ　サカエ！　絶対いるんだ！　絶対ってのは、おまえ、とても、美しいもんなんだから！　おまえは、だって、……ブスじゃないから！

フタバ　おーい。おーい！

ヒデイチ　……誰か呼んだかい？

フタバ　おーい。おーい！　穴の奥のあたし！　いつか見たあたし！　ジャポニカ学習帳の隅っこに、ロケット鉛筆で落書きしてたあたし！

マス、現われる。

マス　なあに、あなた。

ヒデイチ　……あ、母さん。洗濯物おっこってた、これ。

マス　あら、ごめんなさい。あ、大変、『なるほど！ザ・ワールド』始まるわよ。フクスケー。

ヒデイチ　……なんだい？　フクスケって。
マス　なに寝呆《ねぼ》けてるの。……フクスケはフクスケでしょ。

フクスケ、現われる。

フクスケ　あー、やぁー、始まっちゃう。『なるほど！ザ・ワールド』！

腑に落ちないなりに、これがある家族の風景であることを受け入れてゆくヒデイチ。

マス　テレビつけたら高い確率でやってるのよ、これ。
フクスケ　誰が好き？　とうさん誰が好き？
ヒデイチ　そりゃトランプマンだよ。
フクスケ　ぼくは楠田《くすだ》枝里子《えりこ》！
マス　ませてるわね！
ヒデイチ　わははは。

フタバ、入ってくる。

ヒデイチ　おかえり。
フタバ　留学の話。決まったよ。
フクスケ　外国かい？
フタバ　フランスよ。
フクスケ　すげえや！
ヒデイチ　よかったじゃないか。
フクスケ　お姉《ねえ》外国行ってなにするの？
フタバ　人のために生きる勉強。
フクスケ　人のため？
マス　人間は他人のために生きることができる唯一の動物。
フタバ　飢えた人を救ったり。学校を作ったり……そうね、ホストを店のナンバーワンにしたり！
マス　スタンディングオベーション！

全員、拍手。

ヒデイチ　なあ、みんな。……（あっけらかんと）愛しているよ。愛しているのに。これは哀しいな。夢なのかな。（テレビを指差す）

ヒデイチ・コオロギ　まるでマンガじゃないか。
コオロギ　なんだわいな!?
全員、笑う。
エツ　死ねーー！　（爆弾とともに落下）
ミツの足場もとっぱらわれる。
暗転。大爆音。
細長い食卓に十二人の男が座っている。
ヒデイチ、エプロンをかけて料理皿を持って登場。
男1　いや、変わったな、みんな。
男2　変わったなあ！
男3　まさか、この年になって同窓会をやるとは思わなかったよ。
男4　それも、エスダの幹事とはな。
男5　はは。
ヒデイチ　どんどん食べてください。久しぶりに同級生が揃ったんだ。昔に戻って、昔を語らいましょうよ。

男6　ハハ……昔ね……。じゃ、いただくか。

全員、皿のナプキンをとると、胎児が現われる。

皆、黙々と食べる。

ヒデイチ　どうしたんです。さァ、昔を思い出して、楽しみましょうよ。よってたかって、私をいじめたことですか。女房の頭がアレなのをいいことに、一人ずつ順番に慰み者にしたことですか。

男7　…………エスダ……。ウッ（苦しい）。

男8　ウウッ。……エスダ、おまえ。

ヒデイチ　効いてきた？　私、メッキ工場やってきて初めて良かったと思うよ。好きなだけ青酸カリが手に入りましたもんねー。

男9　ばか！

男10　ばかか！

全員　ばかかおまえ！

ヒデイチがラジカセのスイッチを押すと、歓びの唄。

全員、苦しんでのたうちまわる。
指揮をとるヒデイチ。

ヒデイチ　（一心不乱に指揮をとりながら）これが、私の純愛の一部始終です。

完

あとがき

一九九一年、下北沢ザ・スズナリでの初演時、こんなわたしでもさすがに二十代だった。コオロギの役をやりながらの演出で、本番では自前のアロハシャツを着て演じていた。下北沢に住んでいたので、着たまま毎晩誰かと深い時間まで飲んでいた。そのままアパートにドロ酔いで帰った。

あの頃の自分が嫌だ。よく怒鳴っていたし、とにかく世間というものを斜めに見ようとしていて、痛かった。舞台写真の自分は壊滅的に目つきが悪い。ぽつぽつと仕事は入りかけていたが、まだ、アルバイトをしていて、でもなにをやっても下手くそで、年下の先輩に蔑まれ、最後の日は黙って職場をばっくれて、いつもどうやって後から差額の給料を回収するかに心を悩ませているのだった。伏線回収よりバイト代の回収のほうが人生の命題であった。でないとアパートを追い出されるのだから。

売れない目つきの悪い若い俳優と出会うと、「もう少し意識的に目をくりっとさせて口角を上げるくせをつければ、現場でもっと愛されると思うよ」と、アドバイスしてあげたい。たとえばオーディションで、同じくらいの演技のうまさの、目つきが悪い俳優とそうでない俳優がいたら、確実に目つきのいい俳優が採用されるだろう。人前でなるべく不快でないように佇める人間は、少なくとも、自分の雰囲気というものに責任をとろうとしていると感じる。俳優が自分の雰囲気を管理できなくてどうする。明るくしていりゃいいんだよ。減るもんじゃなし。

でも、わかるよ、とも思うのである。

むくわれていると思っていないのだもの。いつも人生に途方に暮れているのだもの。眼の前に光が見えないのだもの。目つきも悪くなるよ。

家賃を払うたび、東京に実家のある演劇人への憎しみが湧いてしかたなかった。

東京めが！　東京生まれの東京育ちが！　と。

じゃあ帰れ？　地方に住んでいれば芝居で食うなんていう夢すら抱けない。しかたなく奥歯嚙み締め、年下の高卒の先輩にいじられながら皿洗いをしているのだから、そりゃあ、愛想もなくなるよ。むしろおまえが東京から出ていけ。こっちのほうがのちのち演劇界に貢献できる人材だ。それぐらいに思っていた。

ただ、わかるよ、と、思いながらも、やはり、演出家としてのわたしは、過去の自分のような俳優はきっぱりオーディションで落とすのである。

怖いもの。

脳内があの頃の自分のような若者がいたら、わたしは怖い。

プライドばかり高く、現場で明るく振る舞う俳優たちを心で侮蔑していた。

「あいつらは芸術でなく処世術で生きてる！」

そう決めつけていた。

でも今ならわかる。

処世術も大事よ。

誰が暗い顔をしている俳優に台詞を書きたいか。

とはいえ、今、初演の『ふくすけ』のパンフレットを見返すと、やはり二十代の伊勢志摩や池津祥子、宮藤官九郎など、大人計画に初期からいるメンバーの名前を散見するが、みな、目つきが悪かった。なかでも温水洋一の目つきは群を抜いて陰気だった。正直、あの目つきがなければ「ふくすけ」というキャラクターも作品自体も生まれなかったと思う。

目つきの悪い作家が、目つきの悪い俳優たちに台詞を書いていたのである。

そりゃあこんな作品になるか。名作である。

『ふくすけ』は、当時親しくしていただいていたTBSのプロデューサーに気に入られ、『新し者』という、舞台や芸人の新人を取り上げる新番組の初回を飾ることになる。短縮版を作って公開番組形式で収録し、それを放送するのだ。

しかし、なぜこれを公開してよいとテレビのえらい大人の人たちは思ったのだろう。

案の定、収録はしたものの、放送時、セリフは「ピー音」だらけ。主役の温水には全身にモザイクがかけられ、トークコーナーではわたしはモゴモゴ言うばかり。いったいなにが起きているのか視聴者は呆然としたのではないか。

わたし自身テレビの前で呆然とした。自分はこれでこの業界から消されるかもしれないという思いと、とんでもなくおもしろい放送事故を起こしてしまったという思い。

しかも、新番組の初回ということで、わたしは同じ年に始まった『オールスター感謝祭』に出演することになってしまったのである。

収録されたものを後から見て、つくづく思った。

こんなやつをテレビに出してはいけない……。

喉から手が出るほど、本気で、賞金が欲しかった。そういう顔つきだった。サービス精神のかけらもない。もちろん、おもしろいことのひとつも言えやしない。

目つきの悪い俳優とオーディションで会うと、その頃の話をしてあげたくなる。そんな俺でも、何十年かかけて、どこの現場に行ってもヘラヘラしていられるようになるんだよ、と。

そう言っておいて、まあ、結局、落とすのであるけれども。だって、今怖いということには変わりはないのだから。

そんな、不遇だ不遇だとうつむきがちに生きてきた自分だが、『ふくすけ』は、ありがたいことに単行本化された。そして新装版としてまた発売。白水社さまさまである。

ただ、三度目の再演にむけて、今回大幅に書き直した。コンプラの問題ももちろんあるが、自分自身が過激な表現というものにとっくに飽きているからでもある。表面的な過激さには、もはや意味も感じない。東京に家を買い、家賃の心配もなくなった。今では東京生まれの演劇人に恨みはない。少ししかない。取材で撮られた写真を見ても、だいぶ柔らかい表情ができる。いいことなのか悪いことなのか知らないが、全体的にそんなに怒ってない。

こんな男にもはや過激は似合わない。

ただ人間の業への興味はつきないものだなあと、書き直しながらしみじみ思ったものである。コオロギ役を阿部に明け渡したからこそ見えてくる世界もある。

世の中、悪いほうに悪いほうに傾いている。

そう思えば、またどんどん書き直しながら、六十代のわたしの目つきは次第に悪くなっていくのである。

松尾スズキ

上演記録

COCOON PRODUCTION 2024
『ふくすけ2024－歌舞伎町黙示録－』

日程・会場
2024年7月9日（火）～8月4日（日）
東京・THEATER MILANO-Za
2024年8月9日（金）～8月15日（木）
京都・ロームシアター京都メインホール
2024年8月23日（金）～8月26日（月）
福岡・キャナルシティ劇場

キャスト

コオロギ＝阿部サダヲ
サカエ＝黒木華
エスダヒデイチ＝荒川良々
フクスケ（スガマナツオ）＝岸井ゆきの
タムラタモツ＝皆川猿時
フタバ＝松本穂香
コズマヒロミ＝伊勢志摩
コズマエツ＝猫背椿
コズマミツ＝宍戸美和公
チカ＝内田慈
団長・アナウンサー＝町田水城
スガマ医師・せむし男＝河井克夫
赤瀬川・蟹助・ゴロー＝菅原永二
蒲生・問掛屋紅玉＝オクイシュージ
ミスミミツヒコ＝松尾スズキ
エスダマス＝秋山菜津子

菱餅ほか＝加賀谷一肇
北九州聖愛病院看護師／農民1／記者ほか＝石井千賀
看護師風の女／天使ほか＝石田彩夏
影村洋介／記者ほか＝江原パジャマ
記者／天使ほか＝大野明香音
警官／信者／農民2ほか＝久具巨林
記者／天使／母親ほか＝橘花梨
痩せていた頃のタムラ／記者／出前の男／男1ほか＝友野翔太

チャンミー／天使ほか＝永石千尋
スガマ医院看護師ほか＝松本祐華
ピンヘッド／記者ほか＝米良まさひろ
医者風の男／記者／刑事／ゆかた姿の老人（北九州聖愛病院院長）／男2ほか＝山森大輔

ミュージシャン

山中信人（三味線）

スタッフ

作・演出：松尾スズキ
音楽：国広和毅
舞台装置：池田ともゆき
照明：大島祐夫
音響：藤森直樹
衣裳：西原梨恵
ヘアメイク：板垣実和
映像：O-beron inc.
振付：振付稼業 air:man
演出助手：大堀光威
舞台監督：二瓶剛雄、広瀬泰久
エグゼクティブ・プロデューサー：加藤真規
チーフ・プロデューサー：森田智子
制作：石井おり絵、川越ひかる、藤崎晃雅
制作助手：島田琴未

東京公演主催：Bunkamura
京都公演主催：サンライズプロモーション大阪
京都公演共催：ロームシアター京都（公益財団法人京都市音楽芸術文化振興財団）
福岡公演主催：キョードー西日本、サンライズプロモーション東京、サンライズプロモーション大阪
企画・製作：Bunkamura

装画　松尾スズキ
装丁　守先正

著者略歴

1962年生まれ。九州産業大学芸術学部デザイン科卒業。大人計画主宰。

主要著書

『ファンキー！　宇宙は見える所までしかない』
『マシーン日記／悪霊』
『ふくすけ』
『ヘブンズサイン』
『キレイ　神様と待ち合わせした女』
『エロスの果て』
『ドライブイン カリフォルニア』
『まとまったお金の唄』
『母を逃がす』
『ウェルカム・ニッポン』
『ラストフラワーズ』
『ゴーゴーボーイズ ゴーゴーヘブン』
『業音』
『ニンゲン御破算』
『命、ギガ長ス』
『マシーン日記2021』
『ツダマンの世界』

ふくすけ2024
歌舞伎町黙示録

2024年7月30日　第1刷発行
2024年8月15日　第2刷発行

著　者© 松尾スズキ
発行者　岩堀雅己
発行所　株式会社白水社
電話　03-3291-7811（営業部）7821（編集部）
住所　〒101-0052 東京都千代田区神田小川町3-24
www.hakusuisha.co.jp
振替　00190-5-33228
編集　和久田頼男（白水社）
印刷所　株式会社理想社
製本所　誠製本株式会社
乱丁・落丁本は送料小社負担にてお取り替えいたします。

ISBN978-4-560-09125-8

Printed in Japan